疑い深い独裁経営者は社員を徹底的に監視する。仕事や勤務態度以外にも派閥間の人間関係、会議中の言動、外出・面会予定、細かい金の使い方、さらに私生活にまで及ぶ場合もある。孤独さと烈《はげ》しい嫉妬心ゆえに独裁経営者は疑心暗鬼となり、社員を強く縛りつけて管理したくなる濁《にご》った本能が目覚めるのだ。

「嫉妬の対象」となった特定の社員には特に厳しい眼が向けられる。

独裁経営者の功罪

何時《いつ》の時代も数多く存在するワンマン経営者――独裁経営者は必ずしも「悪」とは限らない。ブルドーザーの如《ごと》く会社を引っ張り、世界企業に成り上がることも珍しくないからだ。自らの直観を正しいと信じ、事業を瞬《また》く間《ま》に成功へと導く。その様《さま》に、社内外を問わず多くの人間が魅了される。成功は独裁経営者のさらなる自信となり、より徹底した社長第一主義に染まっていく。心酔した企業戦士は駒として従順に働き続ける。猜疑心旺盛な独裁経営者は彼らを常に監視するが、裏切りの兆《きざ》しや反抗心が見えれば、「支配」へとシフトする。この段階から失敗する企業も少なくない。響き渡る怒声、飛んでくる暴力。過激なノルマや細かすぎる規範だけならましだ。左遷《させん》、降格、減給など理不尽な人事決定が下され、社員は怯えながら労働する。経営が行き詰まってくると、社員はさらに泣きを見る。決定に反対すれば、すぐさま邪魔者扱いを受けるからだ。その結果、独裁経営者の周りは「イエスマン」で固められ、過去の成功体験から抜け出せない組織となる。

編集部

成り上がりの勲章

門田泰明

祥伝社文庫

目次

成り上がりの勲章《くんしょう》

1

目映《まばゆ》い黄金色《こがねいろ》の浴槽に、醜怪《しゅうかい》な肉体が浸《ひた》っていた。

老いて、だぶついた肉体だった。

その肉体の主人《あるじ》、織田信造《おだしんぞう》は、青黒く萎《な》えた**証**《あかし》を握ると、それを包んでいる薄皮を剝《は》いで、**亀の命**を湯の中で洗った。

亀の命も湯も、黄金色に染まっていた。

織田は、**証**を丹念に洗い終えると、黄金の浴槽に「うーん……」と小さく呻《うめ》いて体をのばした。一日のうちで、織田が最も解放感に酔《よ》い痴《し》れる一瞬であった。肌に触れる黄金の感触が何千億円にも感じられ、実に心地《ここち》よかった。

貧弱な恥毛が、湯の中で、海草のようにひらひらと揺れている。まるでメカブのように。

浴槽だけではなく、浴室の天井も壁も黄金色であった。天井には、純度の高い金の延板《のべいた》が張りつけてある。壁と床は、これも純度の高い黄金製の煉瓦《れんが》を積み重ねたり、敷いたりして造られていた。

織田は、この浴室こそ、自分の財力と権力の象徴であると思っていた。黄金《こがね》の色を眺めていると、名誉と地位を手にした日の出の勢いの自分を感じるのである。

浴室の広さは、約五十平方メートル。

織田は、黄金の浴室へは、自分以外の者が立ち入ることを禁じていた。黄金色の浴室にふさわしい者は、**財力と権力の覇王《はおう》**つまり自分一人だけであると思っている。

織田にとって、黄金《おうごん》は、自《みずか》らに与えた勝利の勲章《くんしょう》なのであった。

織田は、老いに不似合いな程の勢いで浴槽から出た。使い古された**証**が、海老《えび》のように左右に躍《おど》って湯粒《ゆつぶ》をはねた。下腹が、メカブのような恥毛を覆《おお》うようにして垂《た》れている。

顔や肩には、老人性のシミが無数にあった。

織田は、黄金のドアをあけて浴室を出た。そこは、八十平方メートルほどの『銀の間』になっていた。

脱衣籠《だついかご》や長椅子《ながいす》までが純度の高い銀製であった。

織田は、等身大のミラーの前に立って、六十二歳の肉体を映した。

彼は、銀製の化粧台の引き出しをあけ、チューブ入りの練《ね》り歯磨《はみがき》のようなものを取り出した。チューブの端《はし》を押さえると、半練り状の白いものが出てきた。

織田は、それを指先にとって亀の命に塗った。

チューブの中に入っていたのは、ホモゲンチジン酸という粘膜刺激物質だった。早く言えば、肥後《ひご》ずいきのエキスである。

一分と経《た》たぬうちに、織田の頰《ほお》が紅潮し、**証**の隅隅《すみずみ》にわたって毛細血管が浮きあがった。

織田は、素肌の上にガウンを着て『銀の間』を出た。

明るい日ざしの差し込むベッドルームが、織田を待っていた。

ベッドの上に、三十過ぎと思える大柄な全裸の女が、横たわっている。黒黒とした体毛が、日を浴びて、ギラギラと光っている。松葉のように尖《とが》って太く、固そうであった。

織田は、ガウンを脱ぐと、いきなり女の体に武者振《むしゃぶ》りついた。女が、わざとらしく巨大な乳房を震わせて、織田の体を迎えた。

獣《けもの》のような絡《から》み合いであった。いや狂気の呻き合いと言った方がよかった。情緒も慕情も皆無な、呻いて快楽を激突させ合うだけの淫佚《いんいつ》なる交わりだった。

織田は、激しく体をくねらせながら、女の胸に顔を埋め態《わざ》とらしい甲高《かんだか》い声をあげた。弾力に富んだ乳房が、織田の手を弾《はじ》き返した。

女の手が報復するように、織田の背中を掻《か》きむしった。

女が、のけぞって呻いた口が笑っていた。

けれど女の成熟した匂《にお》いは、たちまち部屋に満ち広がった。

女の体が「ほれ、ほれ……」と言わんばかりに、織田の腰を突きあげる。戯《たわむ》れているような小馬鹿にしているような動きだった。

織田は、たまらず果てた。

交わったその部分から恍惚《こうこつ》の証である体液が、湧《わ》き出《だ》すような事はなかった。酒と美食で糖が高めの織田のそれは既に枯れた泉だし、女も噴《ふ》き出《で》るような湧出《ゆうしゅつ》を演じなければならぬ程には、淫靡境《いんびきょう》に達してはいなかった。

織田は、女の体から離れると「さ、仕事や……午後の予定を言うてんか」と言った。急にドスを孕《はら》んだ、関西弁になっていた。老いた顔に権力の凄みを覗《のぞ》かせている。

女が、慌《あわ》ててベッドの上に上体を起こした。

揺れた乳房が、低く唸《うな》ったようだった。織田の顔が、赤くなっていた。

女は、織田の汚れた**証**を桜紙で清めた。

織田の手が、名残惜《なごり》しそうに、女の胸に触れる。

「午後二時に関西商銀《かんさいしょうぎん》の岩井《いわい》専務、三時半に関和相銀《かんわそうぎん》の堀井《ほりい》常務、四時半に京阪《けいはん》銀行の田中《たなか》副頭取が来られます」

女は、桜紙で清めた織田の**証**を口に含むと、舌でトントンと突いた。これが二人で申し合わせた「終わりにしましょうね」の合図だった。

「銀行ばっかりやな。どうせメイン・バンクをやらせてほしい、という話やろ」

織田が顔をしかめながら言った。大の銀行嫌いで知られている織田である。

女が織田の**証**を口から出して、再び桜紙で拭《ぬぐ》った。

織田のそれはすっかり鎮《しず》まって、ドングリのように小粒になっていた。

「もうええ……」

織田は、ベッドの下に降りた。萎えた**証**が、小鳥の嘴《くちばし》のように小さく弾んだ。

女が、織田に下着やワイシャツを着せた。

織田が、女の下腹部に手をのばした。どこまでもしつっこい淫猥《いんわい》な権力者だった。

「儂《わし》の攻《せ》め、今日は、どうやった？」

「とても、よかったですわ」

女が、恥じらいを見せて言った。演技くさい恥じらいであった。

それでも織田は、満足そうに目を細めて頷《うなず》いた。

2

織田は、身繕《みづくろ》いをして、ベッドルームを出て隣室に入った。

年商八千億円を誇る『ゴールド・ベアーズ・フード』の社長室が、そこにあった。

天井からは大シャンデリアが下がり、その大シャンデリアの真下に楕円状の大テーブルがあって、一人がけの豪華な脇息付《きょうそくつき》ソファが十一、並べられていた。

この楕円状の大テーブルから十メートルほど離れて、プラチナでつくられた特別製の役員会議用テーブルがあった。

窓際にある社長の机は、プラチナ製のテーブルからさらに十メートルほど離れていた。

どう見ても百坪はある、異常さが満ちた社長室であった。

壁には何枚もの名画が掛けてあり、部屋の四隅には、銀でつくられたヴィーナスの裸像があった。

金、銀、プラチナ、それが東北の貧しい農家で生まれ中学校しか出ていない織田を、コンプレックスから救っていた。

織田は、社長の椅子に座ると、静まりかえった社長室をジロリと見まわした。その顔は、一代でわが国でも有数の外食企業を築きあげた、社長の顔であった。肉体は、老いてたるんでいても、のっぺりとした顔は、脂《あぶら》ぎっていかにも狡猾《こうかつ》そうだ。

彼は、腕時計に視線を走らせた。

午後一時だった。

午前十一時から午後一時までの間は、何者といえども、社長室に立ち入ることは禁じられている。

外からの電話をつなぐこともである。

この二時間の間に、織田は朝食兼用の食事《ランチ》を済ませ、秘書の体を貪《むさぼ》り食《く》う。

ゴールド・ベアーズ・フードは、大阪・梅田《うめだ》に本社を置き、西日本一円にレストラン酒場『**不老《ふろう》の泉《いずみ》**』を一千四百店舗も展開して、東証《とうしょう》・大証《だいしょう》の二部に上場《じょうじょう》されていた。

レストラン酒場は、昼間はサラリーマンやＯＬ相手の大衆レストランとなり、夜は居酒屋に変身した。

これを織田は〈二毛作経営〉と呼んでいる。

ゴールド・ベアーズ・フードは毎期二十パーセント以上の経常利益をあげ、豊富な資金力をバックにした多店舗化の勢いは、外食企業の中でも群を抜いていた。

しかも『不老の泉』のほかに、高級本格レストランの分野にも乗り出し始め、すでに大阪、神戸《こうべ》、京都、福岡などの大都市に二十店舗を出している。

だが、これだけの企業になったにもかかわらず頑《がん》としてメイン・バンクを持たず、関西商銀、関和相銀、京阪銀行など数行と並列的に付き合うなど、〈強気の経営〉が目立っていた。

ゴールド・ベアーズ・フードを設立した当時、織田は、どこの銀行からも背中を向けられた経験を持っていた。

その時の屈辱を、彼は忘れていない。

織田の銀行嫌いは、そこからきていた。

ゴールド・ベアーズ・フードの社章も、『不老の泉』のシンボルマークも、社名からくる、熊《くま》であった。それも白熊だ。

ただの白熊ではない。

二本の後《うし》ろ脚《あし》で立ちあがり、前脚を振りあげて猛猛《たけだけ》しく咆哮《ほうこう》する白熊であった。

織田は、牙《きば》をむいたその白熊の姿こそ、自分という人間のすべてを表わしている、と思っていた。

社長室のドアがノックされた。

織田が、純金の電話をハンカチで磨きながら「入れ……」と言った。

ドアがあいて、背の高い男が入ってきた。年は三十七、八であろう。日焼けした顔が精悍《せいかん》であった。多店舗化推進の総責任者である取締役経営企画室長の小柳義彦《こやなぎよしひこ》である。

小柳は、織田のデスクの前まで近付いて立ち、深深と頭を下げた。男らしい顔が、青ざめている。

「大変なことになってしまいました、社長」

「大変なこと？　どないしたんや」

間近な小柳の顔を見る織田の双眸《そうぼう》が、ギラリと光った。右手がさり気《げ》なく机の上を滑って、ペン皿の上に置かれた扇子《せんす》を摑《つか》んだ。

「わが社が今期中に店舗を構える予定でいました池田《いけだ》市石橋《いしばし》、箕面《みのお》市西小路《にししょうじ》、吹田《すいた》市青山台《あおやまだい》の土地の真正面に、**鉄砲陣**《てっぽうじん》が店舗建設工事の準備を始めました」

「あほんだら！」

織田の右手が伸びて、扇子が小柳の両頰をパシパシッと打った。

小柳が、両脚を踏ん張るようにして、織田の制裁に耐《た》えた。

扇子の角が当たったのか、小柳の唇《くちびる》が切れて、血が滲《にじ》んだ。

扇子を持つ織田の手は、怒りで震えていた。

「申しわけありません」

小柳が、頭を下げた状態のまま、体の動きをとめた。その肩を、織田の扇子が、再び打った。

小柳の肩から背にかけて、鋭い痛みが走った。

小柳の口にした『鉄砲陣』とは、年商九千億円をあげる、わが国最大の外食企業であった。

本社を東京・銀座《ぎんざ》に構える**生粋《きっすい》の関東系企業**で、東証・大証の一部に上場している。

『鉄砲陣』は店名であり、正式の企業名は『東京ライオンズ・フード』であった。

社章と店のシンボルマークは、牙をむいて咆哮する雄ライオンである。

『鉄砲陣』は、『不老の泉』のような二毛作体制はとっておらず、一つの建物内に、レストランと酒場が分離独立して同居する形態をとっていた。

すでに東日本一円に一千六百店舗を展開し、売上高で追撃する『不老の泉』を、懸命に振り切っていた。

これまで両社は、互いに相手の地盤を狙《ねら》ってはいたが、具体的に攻撃をしかけたことはなかった。

とくに『鉄砲陣』は「西日本に店舗を構える予定は、向こう十年ない。東日本全域を鉄砲陣で埋めることの方が先決」と公言し続けてきた企業である。

その『鉄砲陣』が、突如《とつじょ》として池田、箕面、吹田の三地点を押さえたと言うのだ。三市とも大阪のベッドタウンとして膨張《ぼうちょう》し続ける大衛星都市である。

「あれほど鉄砲陣の動きには注意せえと言うたやろ。それでも経営企画室長か」

激昂《げきこう》する織田は、扇子の先で小柳の頬や頭を突ついた。

そのたびに、小柳の長身が揺れた。

『鉄砲陣』に対しては、常にライバル意識をむき出しにする織田であった。

小柳は、織田の側近として、社内でも大きな発言力を有している実力重役である。八人いる取締役の筆頭に位置し、常務を目前に控えていた。

「必ず鉄砲陣を撃退します。暫《しばら》くお時間を下さい」

「ええか小柳、大阪は不老の泉の縄張りやで。関東商人には、どんなことがあっても渡すことはでけへん土地や」

「それは、よく判っております」

「馬鹿《ばか》たれ。判ってへんから、鉄砲陣の上陸を許したんやないか。お前の目はどこについとるんや。それで、社長の側近がつとまると思てんのか」

「確かに油断していました。いかなる手段に訴えてでも、鉄砲陣の上陸を阻止します」

「当たり前のことを言いよって。どんな手段に訴えてでも相手を叩《たた》くんや。そやけど、その工作のために無駄金《むだがね》を使うことは許さへん。頭で勝負せい。それが側近のつとめや。そうやろ……」

「はい……」

「いつまで立ってんのや。邪魔になる」

小柳の頬が、またパーンと鳴った。

ベッドルームから、社長秘書の岡井月子《おかいつきこ》が出てきた。

小柳は、女にチラリと視線を流すと、口元を少し歪《ゆが》めて社長に背を向けた。

3

小柳は、洋品店の陰に隠れるようにして、ほんの少しまだ西陽《にしび》の明りが残っている道の向こうに目を向けた。

ネオンが輝き出した賑《にぎ》やかな商店街通りには、人が溢《あふ》れている。

その人ごみの向こうに、三百坪ほどの空地があった。

このような時刻。空地の中央で懐中電灯を手にした二人の男が、図面のようなものを広げて、頷き合っている。

二人のうち一人は、黒いアタッシェケースを持っていた。

ネオンの明りが、空地に降《ふ》り注《そそ》いで色んな色に染めている。

「くそッ……今日のはこたえた」

小柳は、織田の扇子で打たれた頬を撫《な》でた。

まだ痛みが残っていた。

織田に殴《なぐ》られることには、馴《な》れていた。殴られ続けて、今日の地位を摑んだ小柳であった。

織田を怖いと思う気持はあったが、殴られることを恐れる気はなかった。

小柳は、視線を転じた。

彼が立っているすぐ脇にも、二百坪ほどの空地があった。

『不老の泉』の建設予定地である。その斜め前の空地で、『鉄砲陣』の社員と思える二人の男が、懐中電灯を手に熱心に話し合っているのだ。

もう一時間以上、彼らは空地に立ち続けていた。

小柳の腕時計の針は、すでに午後六時を少し過ぎている。

急速な発展を遂げた商店街通りには、雑多な建物が並んでいた。それらの建物が駅に近いところから再開発され、次第に都会的センスに溢れた、カラフルな商店街に変《へん》貌《ぼう》しつつあった。

変貌の波は、二つの空地のすぐ近くにまで、押し寄せている。

小柳の目は〈敵〉が手にする図面に注がれていた。むろん、図面の詳細が、彼の位置から見える訳がない。

突然、背後から小柳の肩を叩く者があった。

小柳は、反射的に背すじ寒くさせて振りかえった。心臓が一度、ドンと高鳴っていた。

岡井月子が、妖《あや》しい笑《え》みを見せて立っていた。彫りの深い顔の右半分が、ネオンで赤や青に染まり、シルクの白いブラウスの下で、豊かな胸が息衝《いきづ》いている。

役員が社外で仕事をする時は、社長秘書の岡井月子に、必ず口頭で届け出ることになっていた。

したがって、小柳がこの場にいることを、彼女が知っていても、なんの不思議もなかった。

「何しに来たんだ」

小柳は、視線を〈敵〉に戻しながら訊《たず》ねた。冷ややかな口調だった。

「あなたのことが気になったの。あなたが、社長からあれほど殴られたことは、これまでになかったわ。あなたほどの人が、鉄砲陣の関西上陸をどうして見逃《みのが》したの」

「ふん、今さら私のことを気にして貰《もら》わなくても結構だ。君のことは、六年前にきっぱりと忘れている。男の仕事に口出しするな」

小柳に、突き放すように言われて、女の顔から笑みが消えた。

六年前、小柳は経営企画室の課長で、三十一歳だった。五歳下の月子も経営企画室の一員で、結婚を前提として小柳と関係があった。

その月子が、ある日突如として、社長秘書となり、織田の財力に靡《なび》いて、社長に体を蹴《ひさ》ぐようになったのである。

それまでの社長秘書は、人事部へ配転となり、一年後、織田の媒酌《ばいしやく》によって、小柳の妻となった。

ワンマン織田には〈三趣味三奨励〉があった。

社員たちは、これを密《ひそ》かに**三・三主義**と呼んでいる。

この三・三主義に従わぬ者は、役員といえども即刻、窓際に追いやられるか、合法的に見える手段で解雇された。

三・三主義とは、金・銀・プラチナ趣味、大理石趣味、系列会社を増やす趣味の三趣味と、二毛作経営の奨励、社内結婚の奨励、現金売り手形支払の奨励の三奨励であった。

いずれも、アクの強い織田の性格を物語っている。

とくに社内結婚の奨励を社員たちは恐れた。

社長秘書は二年を周期として変わり、秘書を解かれた女は、織田の媒酌によって、半《なか》ば強引に、社員に割り当てられた。信じられないような非常識が、この会社では、当たり前となっていた。

社長秘書は、織田にたっぷりと弄《もてあそ》ばれた揚句《あげく》、こうして二年ごとに切り替えられるのである。

織田の媒酌を拒否する者は当然、会社にはいられない。

逆に、屈辱に耐えて、織田の元愛人を受け入れれば、昇格や昇給、賞与が破格の待遇となる。この面は社員にとって、ま、魅力と言えば魅力であった。

「君だけは例外的に、六年もの長期にわたって社長秘書の座にあるが、いずれは君もゴミのように捨てられる。その時になって後悔しても遅いぞ」

小柳が、無表情に言った時、〈敵〉が図面のようなものを折り畳んでアタッシェケースにしまい、空地から出て商店街通りを歩き出した。

小柳は、十数メートルの距離を隔《へだ》てて、相手を尾行した。

月子が黙って小柳と肩を並べた。

前を行く二人の男は、途中で商店街通りを折れて、大通りへ出た。

小柳は、警戒して二人の男との距離を空《あ》けた。

「ねえ、私にも何か手伝わせて……」

月子が、呟《つぶや》くように言って、小柳の腕に自分の腕を絡《から》めた。その仕草《しぐさ》が自然であった。

小柳は、それを拒否する様子も見せずに、相手を追い続けた。

月子の豊かな胸が、小柳の肘《ひじ》に当たる。

かつては、こうして街中《まちなか》を歩いた二人である。

小柳の脚がとまった。道路脇《どうろわき》のせまい空地にとめたブルーのワゴンに、二人の男が乗るところだった。小柳は舌打ちをして、月子の腕を振り払った。

何を思ったか、月子が、今来た道を走って戻り出した。
四、五十メートルほど戻ったところに小さな駐車場がある。
月子は、その駐車場へ駈《か》け込《こ》んだ。

ブルーのワゴンが、小柳の目の前を、スピードをあげて通り過ぎる。

小柳は、駐車場に向かって走った。

月子が、真紅《しんく》のフェアレディを駐車場から出して、路肩にとめた。

小柳は、息を弾《はず》ませて、助手席に乗った。

「追ってくれ」

小柳が、命令的な口調で言った。月子がアクセルを踏み込んだ。タイヤが軋《きし》んだ音をたてた。悲鳴のような音であった。

「車の準備をしていないなんて、あなたらしくないわ。針の先ほどのスキも見せない人なのに」

「君に、私を批判する資格などない」

「ごめんなさい。でも、私……あなたのことを一日だって忘れたことはなかった」

月子は、消え入るような声で言って、下唇を噛《か》みしめた。小柳の顔が歪んだ。

4

「奥さんを愛してらっしゃるの？」

月子が、前を向いたまま訊ねた。

車が、わずかにバウンドした。

小柳は、月子の問いを聞き流した。愛せるはずのない妻だった。子供を生むことを拒《こば》み、華美を好む妻を、小柳はこの五年間、凍《い》てついた目で見続けてきた。

彼は、自分の仕事の能力に誇りを持っている。社長の愛人を妻にせずとも、正正堂堂とした勝負で、同僚や先輩を打ち負かす自信があった。

それだけに、社長の愛人を摑まされている自分に、激しい嫌悪を覚えた。拭《ぬぐ》いさることの出来ない、自己嫌悪だった。

（今の地位は、自分の実力で得たものだ。妻とは関係ない）

小柳は自分に、そう言い聞かせるしかなかった。

「答えてほしいわ。奥さんを愛してらっしゃるの」

月子が、また訊ねた。小柳は、前を行くワゴンの赤いバックランプを睨《にら》みつけたまま、身じろぎもしなかった。月子は、あきらめたように口をつぐんだ。

やがて、ワゴンは、新大阪《しんおおさか》駅に近い高級賃貸マンションの駐車場へ入っていった。月子は、マンションの十数メートル手前の暗がりに、フェアレディをとめて、エンジンを切った。小柳が、十五階建ての高級マンションを見上げる。

「このマンションに、鉄砲陣の秘密オフィスがあるのかしら」

「恐らくな」

「私にも、お手伝い出来ることがあるはずよ。なんでもするわ。ね、手伝わせて」

「私に対する罪滅ぼしかね。ま、いいだろう。私は連中の持っている店舗の設計図を狙っているんだ。それを手に入れるには、女の力が必要かもしれないな」

「彼らに近付けばいいのね。でも、体を犠牲にすることだけはいやよ」

「社長への忠義か。結構なことだ」

小柳は、そう言うなり、月子の首に手をかけた。月子は、逃げようともせずに、かつての恋人を見つめた。小柳の手が、月子の首に食い込んだ。

「この六年の間に、私は三度、君を殺すことを考えた。その三度目が、今夜だ」

「私のことを、まだ忘れていないのね。忘れていないから、怒っているのね」

「うぬぼれるな！」

小柳は、平手で月子の頬を打った。ひと呼吸置いて、糸のような鼻血が彼女の鼻腔から流れ落ちた。

「好き……今でも」

月子の目に、大粒の涙が湧きあがった。

小柳は、たじろいだ。六年ぶりに耳にする、月子の愛の告白であった。

嘘《うそ》だ、と小柳は思った。思いながら、月子に対する自分の暴力に腹が立った。反省が込み上げてもきた。

小柳は、車を降りて足早に、マンションへ向かった。

彼は、木立の間から、マンションの駐車場の様子をうかがった。ワゴン車を降りた二人の男は、マンションの玄関をくぐって、エレベーターに乗った。

小柳は、エレベーターのドアが閉まると、マンションの中へ入っていった。

エレベーターの階数表示板が、8、9、10……と点滅を続ける。

エレベーターが停止したのは、十五階の最上階だった。

小柳は、郵便集合箱の前に立って、十五階に住む者の名前を確認した。

郵便箱に書かれたグロリア企業という法人名が、小柳の目にとまった。

そのほかは、すべて個人の名前で、一室だけ空き部屋があった。

(グロリア企業……か。こいつが鉄砲陣の関西上陸司令部に違いない)

小柳が、そう思った時、背後に月子が立った。鼻血はとまっていた。

「すまなかった……」

小柳は詫びた。本心からだった。

彼は、グロリア企業の郵便箱を、「こいつだ……」と指先で軽く弾いた。カンという乾いた音がした。

「これが?……」

月子が、小声で囁《ささや》いた。

小柳は、頷いて、月子の胸に視線を走らせた。織田に弄ばれた彼女の胸は、六年前にくらべて驚くほど豊かになっていた。

小柳の脳裏《のうり》に、織田と月子に対する怒りがまた甦《よみがえ》った。

彼は、月子の傍《そば》をすり抜けるようにして、マンションを出た。

月子が追いついて、小柳の腕に自分の腕を絡めた。木立の繁《しげ》るマンションの中庭は暗かった。

小柳は、矢庭《やにわ》に月子の肩を抱き寄せて唇を重ねた。猛猛しい行為だった。

月子の腕が、小柳の背中にまわった。

「私を社長から取り戻して……」

月子が、唇を塞がれながら言った。嗚咽《おえつ》を含んだ声だった。

小柳の手が、ブラウスの上から月子の乳房を摑んだ。月子の体が、蛇のようにくねった。

5

キタのナイトクラブ『アモール』は、客で立て込んでいた。

小柳は、いつもの席に体を沈め、ブランデーのレミーマルタンをたて続けに呷《あお》った。

六年ぶりに抱いた月子の感触が、体の芯《しん》に残っていた。

六年前とはあまりにも違った、月子の体だった。

脂がのりきって爛熟《らんじゅく》した彼女の体は、小柳を翻弄《ほんろう》した。

ホテルの前で月子と別れて、まだ三十分と経っていない。小柳の目の前に、月子の裸身がチラついた。

「どうなさったの。ぼんやりとして変よ」

隣に座ったホステスの由香里《ゆかり》が、小柳の膝《ひざ》を揺さぶった。

小柳は、邪険に由香里の手を振り払った。

彼は、五年前から由香里と関係を続けている。妻に対する嫌悪を、由香里と関係を持つことで晴らしていた。

「ご機嫌斜めだこと」

由香里が肩をすぼめた。

彼女は二十六歳だった。金銭面では極めて堅実な女で、稼いだ金のほとんどを預金し、自分でクラブを経営することを夢見ている。体はふっくらとして小柄で、テニスで日焼けした顔の愛くるしい女であった。

グラスを口へ運んだ小柳の手が、ふと止まった。

彼の目は、薄暗い店内の隅の方の席に注がれていた。立ちこめる紫煙《しえん》が、彼の視界を邪魔した。

「天井の照明を、少し明るくしてくれないか。一瞬でいいから」

小柳は、小声で由香里に頼んだ。

由香里は怪訝《けげん》そうな顔で、小柳を見た。

「言う通りにしろよ」

小柳が、苛立《いらだ》ったように言った。由香里が立ちあがって、カウンターの方へ歩いていく。

ルクスを調節するダイアルが、カウンターの向こうの壁についていた。

由香里の手がダイアルに触れた。

小柳の目が細くなって、射るような光を放った。

天井照明が一瞬、明るくなった。

客の間に小さなどよめきが生じたが、すぐに鎮まった。

(あの男だ……)

小柳の顔は硬直した。

彼は、数メートル離れたところに、意外な人物を認めたのである。空地で図面を見ていた、『鉄砲陣』の社員と思える二人のうちの一人が、そこにいたのだ。黒いアタッシェケースを持っていた方の男である。

由香里が、小柳の傍に戻ってきた。

「あの隅の席にいる男は、今夜が初めてか」

小柳は、囁くように訊ねた。

「このところ毎日のように来ているわ。一、二度テーブルについたことがあるの。なんでも東京の会社の人らしいわよ」

「どんな会社だ」

「飲食関係とか言っていたわ」

間違いない、と小柳は思った。『鉄砲陣』に対する敵対心が、腹の底から突きあがってきた。

小柳は、グラスにレミーマルタンを注《つ》ぎ足《た》して、一気に呑《の》み乾《ほ》した。

彼は、自分の目がギラつくのを感じた。

「あの人を知ってるの？」

由香里が、小柳の腕に乳房を押しつけて訊ねた。

「暫く黙ってろ」

小柳は、由香里を睨みつけて、腕組をした。

長い沈黙のあと、小柳は険《けわ》しい目を由香里に向けて、彼女の耳に口を近付けた。

「訳を訊《き》かずに、私の頼みを聞いてくれないか。報酬は現金で二百万前渡しでどうだ」

「あなたの頼みなら、聞かないわけにはいかないでしょう。お金などいらないわ」

「いや、金は払う。ドス黒いスポンサーが絡んだ金じゃない。私の貯金から払う金だから心配しなくていい。金を貯《た》めて早く自分のクラブを持ちたいのだろう」

「そりゃそうだけど……」

「あの隅の席にいる男の体液をとってくれ。つまり……判るな」

「あなた……」

由香里は、目を一杯に見開いて、小柳を見つめた。

その目を、小柳は真顔で見返した。

由香里が、自分の膝の上に力なく視線を落として、訊ねた。

「一つだけ聞かせてほしいの。私が好き？」

「好きだ。この言葉に嘘はない」

「判ったわ。一度だけ、あの男に抱かれてあげる。ドームをはめさせて、体液をとればいいのね。二百万円の報酬はいらないわ」

「由香里……」

「お金を受け取れば、あなたは、きっと私から去るに決まってる。それが怖いの」

「去るようなことはしない」

「あなたが好きだから、お金を受け取らないで頼みを聞いてあげたいの。仕事か何か、よほど重大なことが絡んだ頼みなのでしょう。私には、判るわ」

「すまない」

「その代わり、私にも一つだけさせてほしいことがあるわ」

「させてほしいこと？」

「これよ……」

由香里はそう言うなり、平手で小柳の頰を思いきり打った。

パシッと鋭い音がしたが、まわりの客は誰《だれ》も気付かなかった。

小柳は、打たれた頰を撫でながら、織田に扇子で殴られたことと、月子の頰を打ったことを思い出した。

「気が済むまで殴れ」

小柳は、グラスにブランデーを注ぎながら言った。

由香里が、今にも泣き出しそうな顔になった。

小柳は、グラスを手にすると、空《あ》いた方の手で、由香里の肩を抱き寄せた。

「男と泊まる場所は、一流ホテルを使ってくれ。中之島《なかのしま》公園に近いパークサイドホテルがいい。あのホテルは確か、ダブルベッドの部屋に、冷凍室付きの冷蔵庫を据《す》え付《つ》けているはずだ。男の体からドームをはずしたら、口をひねって結び、男に気付かれぬよう、冷蔵庫の冷凍室に入れるんだ」

「どうして？」

「低温で保存すると体液は長く生きている。男に接近するのは、奴《やつ》が黒いアタッシェケースを持っている時がいい。そのケースの中に、たぶん店舗の設計図のようなものが入っている」

「それを盗むの？」

「一時借りるだけだ。隣室で私が待機しているから、男が寝静まってから、体液と図面を持ってきてくれないか。ホテル向かいに位置しているコンビニで、コピーを済ませたあと、直《す》ぐ君に返す」

「ホテルのコピーを借りた方が早いのでは？」

「それは、まずい」

「判ったわ」

由香里は、こわ張った顔で頷くと、小柳の手からブランデーグラスを奪った。

6

大会議室に、課長以上の幹部が直立不動で立っていた。

会議室の四隅には、大理石で造られた等身大の裸婦像が立っている。

ワンマン織田信造は、演台に立って居並ぶ幹部たちにジロリと睨みを利《き》かせると、厳しい口調で言った。

「昨日、今期上半期の決算書が、経理部から出された。売上は全体として、前年同期より十五パーセントほどアップしとるけど、これは期首計画の半分や。君らは一体、何を考えて仕事してんのや。アホの集団か。経理部が摑んだ情報では、鉄砲陣は前年同期より三十パーセントも売上を増やして、期首計画を超えたそうや。どいつもこいつも、たるんでるのと違うか」

織田は、そこで言葉を切ると、横を向いて「水!」と言った。

傍に控えていた月子が、純金製のコップに入れた水を、うやうやしく差し出した。

織田は、喉仏《のどぼとけ》を上下させて水を呑み乾すと、濡《ぬ》れた口のふちを手の甲で拭った。

最前列に立っていた小柳の視線と、月子の視線が出合った。

月子は、さり気なく視線をそらせた。

「問題は売上だけやあらへん。鉄砲陣を池田、吹田、箕面の三都市へ、無血上陸させてしもうた。しかも敵は、『不老の泉』を出す予定地の目の前へ上陸しよった。店舗はまだ出来てへんけど、土地の確保を許したということは、無血上陸を許したんと同じことや。妨害しようと思うたら、なんぼでも出来たはずやで。それを見逃したんは、たるんでるからや。ともかく、期首計画の未達成と鉄砲陣の無血上陸に絡む処分を、今から発表する。名前を呼ばれた者は、前へ出て並ぶんや、ええな」

織田は、背広の内ポケットから手帳を取り出して開いた。

幹部たちの間に、動揺が広がった。

破竹《はちく》の勢いで進撃を続けてきた『不老の泉』にとって、期首計画未達成は今回初めて経験することであった。

個個の職責で社員や幹部が厳しい人事的制裁を受けたことはあっても、営業成績の不振で処分が発表されたことは、これ迄にはなかった。

月子は、心配そうに小柳を見つめた。

小柳は、無表情だった。

「まず営業不振の**処分**から発令する。関西営業部次長・阪田友道《さかたともみち》、課長へ降格、年間

賞与三カ月分減額……関西営業部長・中条《なかじょう》省吾《しょうご》、次長へ降格、年間賞与四カ月分減額……中部営業部第一地区課長・滝沢利男《たきざわとしお》、主任へ降格、年間賞与二カ月分減額……中部営業部次長・山浦一《やまうらはじめ》、庶務課長へ降格、年間賞与三カ月分減額……」

衝撃が幹部たちの間を走った。どの顔も蒼白《そうはく》であった。

織田が口にした**処分**は、彼らが予想していたより、遥《はる》かに厳しいものであった。

名前を呼ばれた幹部たちは、顔をひきつらせて織田の前へ一列に並んだ。

初老の人事部長が、申しわけなさそうな顔で、彼らに**処分辞令**を手渡した。辞令の文字の前に**赤字**で処分という文字が付された辞令だ。幹部社員たちにとっては、これも初めて見る辞令だった。こう言う愚行《ぐこう》を平気で、しかも本気でやるのが織田であった。

「次、役員の**処分**……」

織田が、小柳の方へ視線を向けた。

「取締役経営企画室長・小柳義彦、鉄砲陣の関西上陸を見逃したことにより、向こう二年間、役員賞与ゼロ。ただし、鉄砲陣を関西から撃退した場合は、この**処分**を撤回して筆頭取締役とする。以上だ」

小柳は、一歩前へ進み出ると、他の〈罪人〉たちと肩を並べた。

ワンマン織田は、人事的制裁を受けた者を、いつも〈罪人〉と呼んでいる。

人事部長が小柳の前に立って、**処分辞令**を手渡した。役員賞与が貰えないとなると、小柳の年収は五百五十万円ほどダウンする。

織田が、憎憎し気に〈罪人〉たちを見まわした。目が血走っていた。

「会社を経営するには金がいる。お前ら罪人には、金の怖さが判ってへん。賞与を減らされて、金の怖さを充分に味わうこっちゃ。アホんだらには、それが一番ええ薬や」

織田は、吐き捨てるように言うと、演台を降りて大会議室から出ていこうとした。

「お待ち下さい」

小柳が、織田の背に声をかけた。織田が鬼瓦《おにがわら》のような顔で振り向いた。

「**処分**を受けた者を代表して、この場でお願いがあります。再三にわたって提案申し上げておりますコンピューターの導入と地域別独立採算制の導入を、どうか御決裁願います」

「あかん……そんなもん、いらん」

「しかし、鉄砲陣は本社と各店舗間をすでにオンライン化し、全国を八ブロックに分けて独立採算制をとっています。大型コンピューターを駆使した意思決定支援システムも、間もなく完成するとか。わが社の営業不振や、鉄砲陣の上陸を事前に摑めなかったのは……」

「コンピューターによる情報管理が出来てないから、と言いたいんやろ。そんな言い訳をするひまがあったら、鉄砲陣を撃退する方法を考えたらどうや。飲食業にコンピューターなんかいらん。派遣社員とパートタイマーで充分や」

「ですが、将来への飛躍と事務量の激増に対処するにはコンピューターは不可欠です」

「罪人の理論に耳を傾ける気はあらへん。人事部長、小柳は一向に反省してへんな。役員賞与ゼロを三年間に延長や。それからな、小柳、そんな頑固な性格やから、女に逃げられるんやで。よう覚えとくことや」

小柳の顔つきが、サッと変わった。

織田は、白い目で小柳を一瞥《いちべつ》すると、会議室を出ていった。

小柳が眦《まなじり》を吊《つ》りあげて織田の後を追おうとした。

それを隣にいた中部営業部長が、必死に制止した。

小柳が、くやしそうにバリバリと歯を噛み鳴らす。

数字をカンで動かすことを得意とする織田は、徹底してコンピューターを嫌った。

科学的経営管理よりも、自分のカンによる経営に陶酔《とうすい》していた。

『不老の泉』をここまで大きくした織田のカンには、確かに常人にはない鋭さがあった。

ゴールド・ベアーズ・フードは、今や一千四百店舗を構え、年商八千億に達する企業である。カンによる経営の限界は、すでに超えていた。

コンピューターを導入すれば数字はストレートに出てくる。織田は、それを嫌った。

自分の意思によって自由に数字を操れなくなるからだ。自由に数字を操れるということは、会社のトップにとって都合《つごう》の悪い数字を、変えたり隠したり出来るということである。

ゴールド・ベアーズ・フードには、営業本部の中に『営業経理部』と『商務部』という二つのセクションがあった。各店舗からの売上伝票や経理伝票は、まず商務部に送られ、此処《ここ》で中分類される。この作業に従事するのが四十名の主婦労働者《パートタイマー》であった。中分類された帳票類は、営業経理部へまわされて細分類され、経理本部に手渡される。

営業経理部にも、正社員にまじって派遣社員とパートがいた。つまり、労賃の安い従業員が、ゴールド・ベアーズ・フードの電算機であった。むろんコンピューターを導入するよりは、遥かに安あがりである。そこに、織田信造の旧態依然《きゅうたいいぜん》とした金銭哲学があった。

成り上がり者の哲学である。己《おの》れに酔った哲学である。学問なき哲学なのであった。

そう、無知の哲学なのだ。

7

男の愛撫《あいぶ》は、露骨《ろこつ》で執拗《しつよう》だった。

由香里の体は、綿《わた》のように疲れきっていた。それでも陶酔感が大津波の如《ごと》く押し寄せてくる。

由香里は、その大津波に耐えた。抵抗した。嫌悪した。くそっと思った。

男の舌が、彼女の肌を尚も執拗《しつよう》に這《は》う。

由香里の体は怒りで震え出していた。

男が、獣のような呻き声をあげて、彼女の中へ入ろうとする。

由香里の嫌悪と怒りがそれを跳ね返した。それでも目的は、男の体液だ。小柳の顔が彼女の脳裏で、チラついていた。彼女は目に涙を浮かべて、体から力を抜いた。

男が入ってきて低く呻き様《ざま》に放ち、たちまちぐったりとなった。

二分も経たぬうちに、男は、鼾《いびき》をかき始めた。

由香里は、男の体から離れた。糞《くそ》ったれ、と思った。

ドームをはめた男は、半ば萎《な》えていた。

由香里は、男の体から、そっとドームをはずすと、予《あらかじ》め用意してあった輪ゴムでその口をしばった。

ドームには、かなりの量の体液が入っていた。重み、があった。

由香里は、部屋の片隅にある冷蔵庫の冷凍室に、ドームを入れた。

男が、低く呻いて寝返りをうった。

由香里は、息を殺して男を見守った。

男の鼾が、次第に高くなっていく。

由香里はほっとして、バスルームへ入った。体中に、男の歯形が残っていた。

彼女は、石鹸《せっけん》を塗りたくって体を洗った。洗っても洗っても、男の匂いが消えないような気がした。

バスルームを出た由香里は、ホテルに備えつけの浴衣《ゆかた》を着て、応接テーブルの上に置いてある黒いアタッシェケースに手を伸ばした。

男が、また呻いた。

由香里は、アタッシェケースをあけた。小柳が言うように、店舗の設計図のようなものが入っている。

彼女は、設計図を取り出して、アタッシェケースを閉じ、応接テーブルの上に、それを広げた。

由香里の目が光った。図面の上の方に『鉄砲陣関西地区店図面』と書かれていた。

（やっぱり……）

由香里は、図面を折り畳んで、ベッドの上の男を見つめた。男が『不老の泉』のライバルに関係ある人物ではないか、という見当はついていた。ホテルへ来るまでの間、男の素姓《すじよう》をさり気なく訊ねたが、「外食企業の部長です……」と言葉少なく答えるだけで、男の口は案外に重かった。

由香里は、男の背広のポケットを探《さぐ》った。

名刺入れが出てきた。

由香里は名刺を一枚抜き取った。

名刺には『東京ライオンズ・フード・店舗開発室長、金沢日佐夫《かなざわひさお》』と刷られていた。

由香里は、冷蔵庫からドームを取り出すと、図面と名刺を懐《ふところ》に入れて、そっとドアをあけた。

部屋のすぐ外に、小柳が立っていた。

廊下は、ひっそりと静まりかえって、誰の姿もない。

由香里は、素早く図面と名刺とドームを小柳に手渡した。

小柳が、隣の部屋に消えた。由香里は、ドアを閉めると、窓際のソファにぼんやりと座って、煙草《たばこ》をくゆらせた。

窓の外は、雨であった。由香里は、『鉄砲陣』が、『不老の泉』を凌《しの》ぐ外食企業であることを知っていた。彼女は、『鉄砲陣』対『不老の泉』の、仁義なき闘いを感じた。

雨が、窓ガラスに当たって、弾けた音をたてる。

「ひどい雨だな」

由香里の背後で、不意に男の声がした。

由香里は、ギョッとして振り向いた。

金沢日佐夫が、毛布で下腹部を隠し、ベッドの上に上体を起こしていた。眠そうに目をこすっている。由香里の背すじを、たちまち冷や汗が伝い落ちた。

（眠らせなければ……）

由香里は、冷蔵庫をあけると、缶ビールのロングを取り出した。

「いつまで、大阪にいらっしゃるの」

「当分の間いるよ。大仕事を抱えているんでね」

「私たち、もう普通の関係じゃないのよ。お名前と勤め先ぐらい教えて下さってもいいでしょう」

「うむ……」

金沢は、由香里の手から、缶ビールとグラスを受け取り、ちょっと考え込んだ。

「君は、鉄砲陣を知っているか」

「ええ、知ってるわ。大阪にはお店がないようだけど、東京では有名なんでしょう」

「そこに勤めているんだ。それ以上のことは言えない」

「鉄砲陣って、大阪で言えば不老の泉ってとこね」

「冗談じゃない。不老の泉は、前近代的企業の代表選手だ。鉄砲陣は、科学的な経営管理体制を敷く企業として知られている。社長は一流の大学を出て、政財界にも知己《ちき》が多いしね。不老の泉と一緒にして貰っては困るよ。社員の採用も知能指数を重視し、ＩＱ一三〇以上の者しか採用しないんだ」

「そうなの……さ、呑んで」

由香里は、口元に笑みを浮かべながら、二杯、三杯と、金沢のグラスにビールを注いだ。

鼓動が、早鐘のように高鳴っていた。

8

それから三日後の夜、小柳は、グロリア企業のある高級賃貸マンションの敷地を鬱《うっ》蒼《そう》とさせている植込みの陰に、身を潜《ひそ》ませていた。背広の代わりに、よれよれの作業衣を着て、作業用の黄色いヘルメットをかぶっている。眼鏡をかけ、頬や額《ひたい》にドロを塗った顔は、どう見ても、小柳には見えない。

彼は、腕時計を見た。間もなく午後十一時である。闇《やみ》を見据える小柳の二つの目は、獲物を狙う獣のようなきつい光を放っているかのようだった。

「ブタめが……」

小柳は、呟《つぶや》いた。ワンマン織田に対する怒りが、轟轟《ごうごう》たる音をたてて全身を駆けめぐっていた。

（そんな頑固な性格やから、女に逃げられるんやで……）

大勢の社員がいる場で、織田が吐いた屈辱的な言葉が、まだ耳にこびり付いていた。許せぬ言葉であった。耐え続けてきた織田への憎悪が、肉体《からだ》の片隅で一気に脹《ふく》らみ出していた。

これまでは、出世最優先の小柳だった。出世のためには、ワンマン織田への怒りと憎しみを抑《おさ》えてきた。

（織田《ブタ》に忠誠を尽くしてきたのは、自分が大事だったからだ。だが、もう我慢できない。限界だ……）

小柳は、織田の言葉で、自尊心をズタズタにされていた。

マンションの正面玄関前に、タクシーがとまった。

小柳は、ハッとして体を低くした。

黒いアタッシェケースを手にした男が、千鳥足《ちどりあし》でタクシーから降り立った。

金沢日佐夫である。

小柳は、タクシーが走り去ると、植込みから出て、ゆっくりと正面玄関へと近付いていった。

金沢が千鳥足で次第に近付いてくる。

小柳も、酔ったふりをして、金沢に近寄っていった。

すれ違う際、小柳はよろめいて片手を振り、金沢の頬を思いきり爪《つめ》でひっかいた。

むろん、わざとだ。

「いてッ……気をつけろ」

金沢が、頬を押さえて小柳を睨みつけた。

小柳は、相手から顔をそむけて、ふらふらとマンションの敷地の外に出た。

金沢が、舌打ちしてマンションの玄関を潜った。

小柳は、振りかえって、木立の間から玄関の方を見た。

金沢がエレベーターに乗るところであった。

小柳は、マンションの前の通りにある公衆電話ボックスに入った。そしてマンションの十五階を眺めながら、プッシュホンのボタンを叩いた。

澄んだ女の声が、受話器を伝わってきた。

岡井月子の声だった。彼女は、数日前から、十五階の空き部屋に、入居していた。入居に必要な金は、すべて小柳から出ている。

「今、金沢の頬に、ひっかき傷をつくった。時刻は午後十一時七分だ。うまく頼むぞ」

「あと十分ほどしてから一一〇番します」

「体液が体の内《なか》へ入らないよう、用心して下腹部に塗りつけるんだ」

「あなたが、そのようなことを心配することないわ」

月子が、低い声で笑った。

「体液と、ひっかき傷があれば、暴行罪は間違いなく成立する」

「今、凄《すご》い恰好《かっこう》をしているの。髪は乱れ、ネグリジェは引き裂かれ……」

「問題は明日だ。退職の覚悟は出来ているな」

「あなたが、ついてこいと言うなら、何処《どこ》までもついていくわ。織田《ブタ》社長は、もういやよ」

「判った……」

小柳は、電話を切って、公衆電話ボックスを出た。ワンマン織田の顔が、目の前に浮かんでいた。

小柳は、大袈裟《おおげさ》にサウスポーで身構えると、その顔を思いきり殴りつけた。織田の悲鳴が、聞こえたようであった。

月子は、窓のカーテンを細めにあけて、夜道を足早に遠ざかっていく小柳の背中を見つめた。

やがて、小柳の体が、夜の彼方《かなた》に溶けて、見えなくなった。

月子は、部屋を見まわした。惨憺《さんたん》たる状態であった。電気スタンドは倒れ、花瓶は粉微塵《こなみじん》になっていた。応接ソファは横倒しになり、サイドボードのガラス戸は割れていた。

月子は、鏡台の前に立った。

裂けたネグリジェから覗《のぞ》く乳房に、幾条もの、ひっかき傷があった。

月子は、鏡台の前に立ったまま、サイドボードの上の受話器を取りあげた。

彼女は、何を思ったか、いきなり受話器で、目の下を殴りつけて、苦痛の呻きを漏《も》らした。一分もしないうちに、皮下出血が生じて、目の下が腫《は》れ始めた。それは、どこから眺めても、暴行された女の顔であった。

彼女は、深呼吸してから、一一〇番をまわした。

着信音が鳴るか鳴らぬうちに、警察が出た。

彼女は、すすり泣くようにして訴えた。

「酔った男の人に襲われたんです。いきなり部屋に入ってきて……お願いです、助けて下さい」

9

小柳は夕刊の束を手にして、社長室のドアをあけた。社長秘書の机に、岡井月子の姿はなかった。経理伝票に決裁印を押していた織田が、顔をあげて不快気に眉《まゆ》をひそめた。

「ドアをノックしてから入ったらどや。罪人になったとたん、ルールまで忘れたんか」

「申しわけありません。急いでいたものですから……」

小柳は、夕刊の一紙を、机の上に有無を言わせぬ勢いで広げた。社会面であった。

織田の怪訝そうな目が、紙面を泳いだ。

「あッ」

織田は、叫んで背中を反《そ》らせた。『鉄砲陣幹部、深夜の狼籍《ろうぜき》』という大見出しの記事が、〝犯人〟の顔写真入りで載っていた。織田は、目を皿のようにして、記事を読んだ。

『昨夜午後十一時頃、酔ってマンションに帰った東京ライオンズ・フードの店舗開発室長・金沢日佐夫は、ドアが細めにあいていることに気付かなかったA子さんの部屋に侵入、A子さんに殴る蹴るの暴行を加えて乱暴し、大阪府警に婦女暴行致傷の容疑で、逮捕された。金沢は犯行を全面否認しているが、A子さんの抵抗によって受けた顔のひっかき傷及び……』

織田は、小柳が差し出す夕刊の社会面を、次次に開いた。どの新聞にも金沢の狼籍が、顔写真入りで大きく報道されていた。しかも東京ライオンズ・フード副社長の『実に残念な不祥事です。当面、関西への進出計画を断念せざるを得ない。社員教育をゼロからやり直します』という談話まで載っていた。

織田が、ニヤリとして膝を打った。

小柳は、背広の内ポケットから、二つに折ったぶ厚い書類を取り出し、夕刊の上に置いた。

「鉄砲陣が関西一円に建設を予定していた、店舗の統一図面です」

「なんやて。一体どうやって手に入れたんや」

「それについて話すつもりはありません。この図面の店舗を、直《ただ》ちに池田、吹田、箕面に建てて下さい。ただし、店舗の外見だけを同じにして、内部のレイアウトは変えるんです」

「鉄砲陣に追いうちの打撃を与えようというわけやな」

「そうです。店舗の外見が図面と同じでも店内が違えば、相手も文句の言いようがありません。鉄砲陣は二重の打撃を受けます」

「小柳、もしかして、この夕刊の婦女暴行事件も、お前がデッチあげ……」

「ともかく、これで私は一応の職責を果たしました。だが重役の勲章は、もう結構です」

小柳は、織田の言葉を遮《さえぎ》るようにして言うと、いきなり机ごしに、織田の顔を殴りつけた。織田が悲鳴をあげて、椅子ごと仰向《あおむ》けに倒れた。口から溢れた血が、みるまに織田の胸を汚していく。

「それが私の退職届です。岡井月子も、今日付で退職します。彼女の机の引き出しに、退職届が入っているそうです」

小柳は、床に這ったまま茫然《ぼうぜん》としているワンマン織田に背を向けた。後悔の気持は微塵もなかった。

小柳は会社を出た。正面玄関前に、タクシーがとまっていた。後部シートに、女の姿があった。由香里である。

小柳は、道路脇のポストに一通の封筒を投函《とうかん》すると、タクシーの後部シートに体を沈めた。

封筒の中には、妻宛《あて》の離婚届が入っていた。

タクシーが走り始めた。二人は、今夜の飛行機で一カ月間の欧州旅行に発《た》つことになっている。

小柳は、マンションで自分の帰りを待ちわびているであろう月子の顔を思い浮かべた。

自尊心を取り戻した男の薄ら笑いが小柳の口元に漂った。

（さて、次は何処の企業の、重役の席を狙うか……）

思わずフッと唇の端で笑った小柳の横顔を、由香里はチラリと眺めた。

黒の団交

1

会議室は緊迫した雰囲気に包まれていた。

もう一時間近くも、二人の激論が続いている。その二人とは、常務取締役人事本部長の松本順次《まつもとじゅんじ》と、労組中央執行委員長の大塚正雄《おおつかまさお》であった。

中堅総合商社・帝国商事《ていこくしょうじ》の春の賃金闘争が開始されたのである。

今日は、その第二回目の団交であった。

帝国商事は、水産物輸入を中心にして急成長した、従業員八百名を超える総合商社で、東証《とうしょう》二部に上場《じょうじょう》されている高収益会社である。

高収益会社であるということが、毎年三月初めにある労使の賃金闘争を、熾烈《しれつ》なものにしていた。

マルキストとして知られた大塚委員長に統率される組合側は要求満額を取ろうとし、次期副社長の声が高いキレ者の松本常務は、真正面からそれをはね返そうとする。

こうして、帝国商事の団交は、ほとんどの場合松本と大塚によって争われるのであった。

あとの労使双方の役員は、ただ二人の激論を見守っているだけである。

松本と大塚の闘争は、いつも六月中旬まで続く、長い闘いであった。

その頃《ころ》になると、見かねたメイン・バンクや上部団体が和解案を持ち寄って、調停工作を始める。放置しておくと松本と大塚の闘争が、際限なく続く恐れがあるからだ。

それはつまり、松本と大塚という二人の人物によって、帝国商事の労使関係がよくも悪くも成り立っている、ということであった。それだけ二人は、社内における実力者と言えたのである。

二人の激論は、続いていた。

「この深刻な社会不況下で、いくら当社が好況とはいえ、業界秩序を乱すような二十五パーセントの賃上げなど、とうてい承認出来ないね」

「いや、賃上げは、あくまで自社の好不況で自主的に決定すべきであって、同業他社の賃上げ状況を横目に見る必要などないでしょ。チイチイパッパ仲良く手をつないで同じパーセントを守り合うなどは、国際感覚に乏しい日本の銀行だけで沢山《たくさん》ですよ。うんざりです。組合としては、二十五パーセント賃上げの線は絶対に譲れない」

「今どき二十五パーセントの賃上げ企業など、どこにあるかね。全《まつた》く冗談ではない。これじゃあ団交にもならんよ」

「団交にもならんようにしているのは、松本常務、あなたですよ。もっと賃金論を勉強して貰《もら》わねば困ります。私は小学生相手に団交している訳じゃあないんだから」

「小学生とはなんだね、君」

今日の第二回団交も、結局は決裂であった。

団交は、いつも午後一時頃から六時頃まで、休憩なしのぶっ通しで行なわれる。

松本常務は団交を終えると、自分の席へ戻って、秘書の準備してくれていた天丼《てんどん》をかき込み、ワンマン社長・有賀《ありが》権造《ごんぞう》に交渉の概略を報告して社を出た。

松本は、まだ四十九歳の若さであったが、団交があった日は、さすがに、くたくたに疲れる。

彼は、新橋《しんばし》の本社を出ると、新宿《しんじゆく》へ出て、なじみの居酒屋へ寄った。

松本は、高収益会社の筆頭常務の地位にありながら、滅多《めつた》にバーやクラブへは行かない。
二、三千円も出せば結構酔える、場末の居酒屋の気さくな雰囲気が、好きなのである。

新橋に本社を置く帝国商事は、有楽町《ゆうらくちょう》、銀座界隈《ぎんざかいわい》の数軒の高級バーやクラブを接待場所として常用していたが、松本は、そのような場所へ出入りする気は毛頭なかった。

彼が好きなのは、西新宿《にししんじゅく》の薄汚い居酒屋『赤毛《あかげ》』である。店内は暗く、そこかしこにゴキブリが這《は》いまわっているような店であったが、出される手料理の味がよかった。

（あの大塚委員長さえいなけりゃあ、帝国商事の労使関係は、完全に私が牛耳《ぎゅうじ》れるんだが……）

なんとか妙案はないものか、と思案しながら、松本は酒を呑《の》んだ。

「どうしたの、陰気な顔をして……」

おかみの佐知子《さちこ》が、松本のテーブルへ来て、白い歯を見せて笑った。

佐知子は、三十半《なか》ばの客扱いの上手な女であった。体全体がふっくらとして、色白で目の大きい、いわゆる男好きのする女である。

「団交が始まったんだよ、団交が」

松本は低い声で言うと、佐知子の注《つ》いでくれた酒をひと息に呑んだ。

佐知子は、『赤毛』の二代目のおかみである。

初代おかみは、上野《うえの》に立派な『赤毛二号店』を出して、そちらの方へ行っていた。

その後を、この店に三年勤める佐知子が人柄を見込まれて任されたのだった。

松本は、七、八年前頃から『赤毛』を愛用しており、したがって佐知子との付き合いは、もう三年になる。

この店へ来る松本の唯一のささやかな楽しみは、佐知子を相手に、仕事の疲れを癒《いや》せることであった。

彼女は、先代のおかみから店を任されるだけあって、なかなか〈聞き上手〉な女だった。

その佐知子に松本は、よく団交の苦労話をする。

時には、労務対策上の機密をチラッと漏《も》らすことすらあった。

「そんな委員長は、人事権とやらで首《くび》に出来ないの」

佐知子は、よくそう言う。

松本も、出来ればそうしたい。しかし相手は歴戦の強者《つわもの》であり、そのうえ、上部団体のオルグ教育委員も兼ねている。スジの通らぬ人事権など振りまわせば、それこそ今度は上部団体を相手に闘わねばならない。

「どうだい。店が閉まったら寿司《すし》でも食べに行かないか」

松本は、なに気《げ》なく佐知子を誘った。軽い気持であり、特別な下心はなかった。『赤毛』は十一時には店を閉める。

佐知子は承知した。よくよく考えてみると、三年も佐知子と付き合っていながら、その付き合いは『赤毛』の店の中だけであった。店の外へ食事に誘ったのは、むろん今夜が初めてである。

松本には、急に佐知子が、今までとは違った女に見え始め、なんとなく眩《まぶ》しさを覚えた。

2

二人は、新宿駅近くの寿司屋で、たらふく寿司を食べ、大衆バーで水割りを何杯か呑んだ。

佐知子は洋酒に強かった。ふっくらとした頬《ほお》に朱がさして、それが女の匂《にお》いを発散させていた。

誘った時は下心のなかった松本も、『赤毛』の外に出た佐知子に生生しい新鮮さを覚え始めた。

「今夜、付き合わないか」

松本は、酒の勢いもあって、真顔で佐知子の耳元で囁《ささや》いてみた。

松本は、彼女が独身なのか家庭を持っているのか知らなかった。いや、それどころか名が佐知子だということは知っていても、姓さえ知らなかった。いつもサッちゃんと呼んでいる。

松本に誘われて、佐知子は、ちょっと考え込むふりを見せたが、すぐに、こっくりと頷《うなず》いた。

その頷き方に、妙な色気があった。

二人は大衆バーを出ると、新大久保《しんおおくぼ》まで車を走らせて、この界隈に似合っている場末の小さなホテルに入った。

部屋に入ると、佐知子は臆《おく》せず裸になった。

松本の想像した通り、その体は、ふっくらと肉のついた丸い体であった。色が白く、肉にたわみがなかった。乳房は大きくもなく小さくもなく、体毛は申しわけていどにしかない。

二人は一緒に風呂《ふろ》に入ったあと、洗い場で前と後ろになって座った。佐知子が、松本に背中を見せて、前になるかたちだった。

松本は、佐知子の背中を真面目《まじめ》な顔つきで洗ってやった。洗いながら、後ろから腕をまわして、彼女の乳房をも洗ってやった。

全身に石鹸《せっけん》を塗りたくられて、佐知子の肌は一層すべすべしていた。

丹念に洗ってやった後、松本は湯をかけて石鹸を洗い落としてやると、背後から佐知子の秘部にそっと手をまわした。佐知子は、抵抗しないで、素直だった。

松本は、彼女が自分の体の反応を素直に優しく表現しているのを知った。松本との初めての接触に、何らの抵抗を感じていないようだった。

彼は、風呂場の床に、佐知子の体を横たえた。お世辞にも、見事なプロポーションとは言えない丸太ん棒のような体であったが、女らしい匂《にお》いの漂っている体だった。

松本は、ゆっくりと体を重ねた。

「本当にいいのかい」

体を重ね終えてから松本が訊《たず》ねた。だからであろう、佐知子が、えっ？　と奇妙な顔つきをした。

松本は慌《あわ》てて「あ、いや、何でもない……」と、首を横に振った。相手の体に入ってしまっておきながら、本当にいいのかい、と訊ねる方がどうかしている、と気付いた。

お互いに気持を持ち直して、二人はじっくりと触れ合いを楽しんだ。甘美で静かな充実した情事だった。少なくとも、松本はそう思った。

「よかったわ」

松本の体が離れると、佐知子は、心底から堪能したような表情を見せた。情事を始めてから一時間半が経《た》っていた。

これほど時間をかけた交わりは、松本は、妻との間にさえ久しくなかった。なんだか若返ったような気がする。

「また会うことにしよう。君を抱いていると、団交の疲れが消えたよ。活力が漲《みなぎ》ってきた」

松本は、そう言うと、佐知子を抱き寄せて唇《くちびる》を重ねた。

「春闘《しゅんとう》で忙しくなり始めると、もう店に来れないのではありませんの？」

「うむ、しかし月に三、四回は君と会う時間をつくるよ。それに今回の団交には秘密兵器を備えてあるんだ。割に早く片付くはずだ」

「まあ、秘密兵器？　なんですか、それは」

「仕事上の機密だよ、言えない」

「あら、私の体の隅隅《すみずみ》を知っておきながら、信用出来ないのですか」

「そういう訳じゃあないが……」

「では聞かせて頂きたいわ。私とあなたは、もう今日から、普通の間柄ではないのですよ。あなたのことは、なるべく沢山知っておきたいの」

「判った。言うよ。実は、中央執行委員長の大塚に、ある女を仕向けてあるんだ。この女に、大塚委員長は気を寄せ始めている」

「女……労組の闘士も色気には弱いって訳ですね」

「私の依頼を受けたその女は、つい最近、組合事務所に専従職員として採用されたんだよ。その女を通じて、委員長の動きは刻刻と私に入ってくるし、女は女で委員長に接近を始めている」

「まるでテレビのサスペンスドラマですわね。少し安っぽいけど」

「委員長が、その女に手を出したところで事実を暴露して、退任に追い込むんだ」

「面白《おもしろ》そうですこと。でも、そううまく事が運ぶかしら」

「委員長を孤立させるため、副委員長以下の幹部にも、あるワナを仕掛けてある。いざという時に、会社側につくようにね」

「やはり女ですか」

「いや、カネだよ。わが社が密《ひそ》かに資本参加をしている、従業員九十人前後の二つの小さな会社のトップが、副委員長と書記長にすでに接近している。つまり、この二つの会社のトップは、自社の穏健な企業内組合の委員長として、副委員長と書記長を採用しようとしている訳だ。副委員長と書記長も、そんな小さな会社へ行くのは当然断る。そこで二つの会社のトップは、当社に籍を置いたままの副委員長と書記長を、高額給与の正社員待遇で採用し、週一回か二回の、顧問的な出社を要請する」

「なるほど、二重採用という訳ですか。でも今の世の中、二重在籍はどこの会社も許容しておらず規律違反ではありませんの」

「むろん違反だよ。だから、それをネタにして副委員長と書記長を脅し、会社側につけるんだよ。副委員長も書記長も比較的時間の自由な組合専従職員だから、二社のトップの誘いには必ず乗る。いったん出社してタイムカードを押し、どこそこの組合活動を視察してくる、と言って出かければ誰《だれ》にも判らないからね」

「ぞくぞくするような筋書きですわ。でも、労務担当重役って大変ですのね」

「まあね。しかし、今の委員長を失脚させれば、あとは小物ばかりだ。会社側につけた副委員長を委員長にして、組合を一気に御用組合にしてしまうさ」

「それが成功すると、あなたは副社長？」

「さあ、どうかな……」

「二つの小さな会社に、密かに資本参加をしているということですけれど、その秘密性は、大丈夫なのかしら」

「帝国商事の名が、決して表に出ない方法で資本参加しているから、全く心配ない」

松本は、ふふっと喉《のど》の奥で低く笑うと、もう一度佐知子を抱き寄せて、唇を重ねた。

二人が、ホテルを出たのは、午前二時頃だった。商社マンの松本にとっては、午前二時や三時の帰宅は一向に珍しくない。

とくに団交が不調の時は、徹夜になることもある。それに耐《た》えられるだけの気迫を、松本は持ち合わせていた。

二人は、ホテルの前で、右と左に別れた。

佐知子は、少し行ったところで立ち止まって振りかえると、闇《やみ》の向こうに溶け込んでいく松本の背中を見送った。

甘美なけだるさが、体の芯《しん》に、まだ残っている。

佐知子は、また歩き出した。その佐知子に、電柱の明りの下から現われた男の影が、忍び寄った。

佐知子の歩みが、その気配で止まり、そして振り返った。

3

　第三回目の団交は、二十分ほどで決裂してしまった。大塚委員長が、二十五パーセントという数字を口に出しかけたとたん、松本が椅子《いす》を蹴《け》って立ちあがったからである。

「会社の経営に対して協調精神に欠ける君は、もう委員長としての資格はないんじゃないの」

　松本は、憤然《ふんぜん》として言い残すと、会議室から出ていった。

　松本は自信に溢《あふ》れていた。女スパイを専従職員として組合事務所に送り込んであり、そのうえ副委員長と書記長には、裏投資をしている系列会社二社のトップが接近を開始している。

（現組合の粉砕《ふんさい》は、時間の問題だ）

　松本は、確信を持っていた。確信を持っているからこそ、大塚委員長に対して高圧的に出たのだ。

　団交が、二十分で決裂状態になる、ということは、かつてなかった。

大塚は、松本のこの態度に対して、組合ビラを社内にバラまいて大キャンペーンを展開し、松本を糾弾《きゆうだん》しようとした。これに対し、松本は労務通信を配ったり、社内報に『協調の新時代に入った労使関係』と題する説得力ある自説を掲載したりして、反撃を開始した。

松本の政策は、裏でワンマン社長・有賀権造に支えられている。したがって、大塚がどれほど騒いでも、松本の地位や権限はビクともするものではなかった。そこに松本の自信と強さがあった。裏返せば、**傲慢《ごうまん》さ**、とでも言うか。

そのような対決が続くある日のこと、松本は、都内の高級ホテルの豪華なスイートルームに、三人の人物を招いて夕食を接待した。

その三人とは、副委員長と書記長に接近を開始している、裏投資会社の二人のトップと、組合事務所へ送り込んでいる女スパイだった。

「で、山田《やまだ》社長と坂元《さかもと》社長の方はいかがですか。副委員長と書記長を引っ張れそうですかな」

松本は、二人の社長にワインを勧《すす》めながら、訊ねた。

山田と坂元という、二人の社長は、気の弱そうな顔をお互いに見つめ合うと、顔を歪《ゆが》めて首を横に振った。

「なかなか用心深くて、すぐにはウンと言ってくれんのですよ。食事の接待くらいには応じるのですが」

頭の禿《は》げあがった山田社長が、そう言って申しわけなさそうに頭を下げた。

松本に対する、二人の社長の態度は極めて卑屈だった。

帝国商事に、事実上経営権を握られており、近い将来に帝国商事の副社長になるのでは、という噂《うわさ》さえある松本には、とくに頭が上がらないのである。

「そんなことじゃあ困りますな。もっと積極的に攻め込んで貰わなくちゃあ。食事に誘った帰りに、車代として四、五十万くらい握らせるんですよ。一度カネを握らせたら、こちらの方が強いんですから」

「カネ……ですか。なにしろ、我我は小さな、貧乏会社なもんですから」

「カネは私どもから出しますよ。そうチマチマした考えを、持たないで下さい」

松本は不快気に舌打ちをすると、頼りなさそうな二人のトップを睨《にら》みつけた。

松本は、裏攻略に勝負を賭《か》けていた。なんとしても、この機会に大塚を失脚させ、帝国商事の労使関係を自分の思い通りに牛耳りたかった。

大塚さえ失脚させれば、それが易易《やすやす》と可能になる。

「どうしても立て替えをする資金的余裕が無いというなら、明日にでも銀行振込みしておきましょう。たかが四、五十万のカネ、都合《つごう》できないんですかね」

松本に言われて、山田と坂元は肩を落とした。帝国商事に、あくどく利益を吸われている彼等《かれら》にとっては、たとえ四、五十万でも大金だった。

この裏投資会社から吸いあげた利益は、ほとんど帝国商事の利益として化けている。

山田と坂元にしてみれば、そのような帝国商事に対して恨《うら》みはあっても、恩義はなかった。

しかし、帝国商事の圧力は、やはり怖い。その気になれば、山田も坂元も、一撃のもとに放り出されてしまう。いわば、乗っ取られた会社も同然の状態だった。

「まあ、ともかく、全力で投球して下さいよ。帝国商事の労使関係が安定し、当社が発展すれば、それは山田さんと坂元さんの会社へも当然、好影響を及ぼすはずですからね。私は異様に頭のキレる大塚委員長が憎いのです。なんとしても、あの委員長を追放しなきゃあ、気がすまんのですよ」

松本は、そう言うと、喉の奥で低く笑った。

その松本を、組合事務所へ送り込まれている女スパイが、じっと見つめていた。

その目に妖《あや》しい輝きがあった。

「それじゃあ、私どもはこれで……」

自分たちの話が済むと山田と坂元は、料理に陸《ろく》に手をつけないでスイートルームから出ていった。

「さて、次は君の番だが……」

松本は、そう言うと、いきなり女の手を摑《つか》んで引き寄せた。

女は、心得たように目を閉じて、松本の厚い胸の中に倒れかかった。

松本の手が巧みに女の胸元を開きながら、女の耳許へ口を近付ける。

松本が囁《ささや》いた。

「大塚の動きはどうかね。場末のクラブに勤めている時よりも、与えられた役目にスリルとサスペンスがあって面白いだろう。報酬もホステスの時よりはいいしな」

松本は、女の表情の変化を、油断なく観察した。彼が最も恐れるのは、この女が裏切って、大塚側に付くことであった。その時は素早く切り捨てねばならない。

女が答えた。

「確かに面白い仕事だわ。あなたからの報酬にも満足よ」

「大塚は、君を誘ったか?」

「いいえ、今のところ私にあまり興味がないみたい」

「何を言ってるんだ。君はクラブでも一番の売れっ子だったじゃないか。君の妖しさで迫れば、大塚委員長もグラリと来るさ。もっと大胆に彼に近付くんだ」

「面白くてスリルとサスペンスのある仕事だけれど、ちょっぴり大塚委員長に悪い気もするわ」

「おいおい、気弱なことを言ってくれるなよ。この仕事には、帝国商事の社運と、私の出世が絡《から》んでいるんだ。私が出世すれば、君に高級マンションを与えて、のんびり遊ばせてやるよ。それは確《かた》く約束する。夜は夜で必ず満足させてやるしな」

松本は、そう言うと自信あり気に、ニヤリとした。まるでサスペンスドラマの主人公のように気取って。

「大塚委員長が、成熟した君の妖しさに参らない訳がない。君は素晴らしい体の持主ではないか。この私だって本気で参ってしまいそうだ」

松本は、目をギラギラさせながら女の耳許で囁き続けた。

女は、じっとしていた。

「とにかく、頑張って大塚と寝るんだ。いいな」

「大塚委員長と寝た私など、もう嫌いになるんじゃあないの？」

「馬鹿《ばか》を言え、大塚と寝るのは、あくまで仕事なんだ。そのようなことで、君を見放したりはせんよ。逆に、もっともっと大事にしてやるさ」

松本は、そう言うなり女の耳をぺろりと舐《な》めた。

女の表情が一瞬、ゾッとなる。長いホステス生活で幾人もの男を渡り歩いてきた彼女だった。その彼女が、ゾッとなった表情を覗《のぞ》かせたのだ。

4

松本は西新宿の居酒屋『赤毛』の佐知子とも情事を重ねた。

情事を重ねるごとに、松本に対する佐知子の反応は、鋭く大胆になっていった。落ち着いた、じっくりとした交わりには違いなかったが、喘《あえ》ぎや姿態に、体の内側のすべてをさらけ出すような凄《すさ》まじい一面を、見せることが多くなった。

「私、一度、あなたと湯河原《ゆがわら》温泉へ行ってみたいわ。ねえ、連れてって」

ある日、佐知子が、そう強請《ねだ》った。

松本は、佐知子が真鶴町《まなづるまち》の生まれだというのを聞いた覚えがある。

真鶴から湯河原までは、車で二十分ほどの距離だ。

松本は、佐知子の願いをかなえてやりたかった。

しかし、松本は猛烈型商社マンではあっても、家庭を非常に大事にする人間である。

家庭を大事にしながら、女との情事にふけるというのも妙な話であるが、彼にとっては、妻以外の女は、つまるところ単なる疲労回復剤でしかなかった。

家庭を大事にする彼は、したがって、休日はなるべく家にいて、妻や子供たちの話し相手になるようにつとめている。

そうなると、佐知子を湯河原温泉へ連れていくには、平日を利用するしかなかった。

春闘のまっ最中でもある今、松本にとっての平日は、五分の時間も惜しいところである。

だが彼は、決意して佐知子を湯河原へ連れていくことにした。

社長の有賀には、妻の実家へ癌《がん》におかされている義父の見舞いに行く、と嘘《うそ》をついた。

有賀は機嫌よく、松本に三日の休暇を与えた。

松本と佐知子は、東名《とうめい》高速で厚木《あつぎ》インターへ向かい、そこから小田原厚木《おだわらあつぎ》道路に入って湯河原へ向かった。

快適なドライブだった。佐知子の手が、運転中の松本の体へ、ときどき伸びる。危ないからよせ、と言っても、佐知子は少女のようにクスクス笑いながら、松本の体をさわるのであった。

松本が苦笑しながら、右手でハンドルを操り、左手で佐知子の脇腹をくすぐると、佐知子は、くすぐったい、と言いながら身をよじらせて笑った。

楽しいドライブであった。松本は、仄甘《ほのあま》い青春を感じた。そして体の芯から疲れがとれるのを覚えた。

彼は、佐知子の、こういった明るいなごやかさが好きだった。気取らないのだ。

が、ふと現実に戻った松本は、なに気なくバックミラーを覗《のぞ》いて顔をしかめた。何処《どこ》からかは記憶になかったが、後ろの白いカローラに、ずっと尾行されているような気がしたからだ。

（気のせいか……）

松本は、アクセルを一杯に踏むと、カローラとの距離をあけた。

カローラは、スピードをあげなかった。

（やはり、気のせいだったか）

嘘をついて会社を休んでいるから、いささか神経質になっているのかな、と松本はひとり苦笑した。

それに尾行されるような心当たりもない。

「ねえ、何を笑っているの」

「いや、べつに……ただの思い出し笑いだよ。それに、間もなく委員長を追放できそうなんで、なんとなく楽しいんだ」

「いよいよ松本常務の天下って訳？」

「恐らくね。それに、私にはもっと大きな野望がある。副社長で満足するようじゃあ、男とは言えないからね」

「というと、社長の椅子を狙《ねら》っているということですか」

「大きな声では言えないがね……内緒《ないしょ》だぞ」

「でも、帝国商事の社長さんて、創業者で大株主なのではありませんの？」

「今すぐに社長の椅子が欲しい訳じゃあない。やはり時期ってものがある。その時期がきたら、私は有賀社長を突き落としてでも、社長の椅子を奪ってみせる」

「男の世界って怖いわね。でも、あなたって頼もしいわ」

「私が社長になったら、『赤毛』なんかより、もっとよい店を持たせてやるよ」

「本当？」

「ああ、本当だ」

松本が頷くと、佐知子は、また嬉《うれ》しそうに松本の体に手を伸ばしてきた。まるで無《む》邪気《じやき》だ。

松本は、欲望を放ちたくなったが、まさか道路の真ん中で佐知子に挑《いど》みかかる訳にもいかない。

左手に、青青と広がる相模《さがみ》湾がある。

松本の気持は、晴れわたって、すがすがしかった。

彼は、バックミラーを、ときどき注意して眺めた。

白いカローラは、もう見当たらなかった。

車が、軽くバウンドする。

松本は、アクセルを踏み込んだ。

「ところで今頃になって妙なことを聞くが、私は君のことを『赤毛』のサッちゃんとしか知らない。人妻なのか独身なのかも判らない。お互いに幾度も肌を合わせておきながら、これじゃあ不自然すぎる。ひとつ自己紹介してくれないか」

「あら、『赤毛』のサッちゃんで、いいではありませんの」

「そうはいかんよ。もう私は、君の美しい体の隅隅《すみずみ》まで知っているんだ。その私が君の姓さえ知らないなんて、どうかしている」

「いやですわ、体の隅隅なんて言い方……」

佐知子は、恥ずかしそうに言うと、少し頬を染めた。

「さあ、教えてくれ。君は人妻なのか独身なのか。それに姓は何て言うんだ」

「今は言いたくないの。『赤毛』のサッちゃんのままで可愛《かわい》がって頂戴《ちょうだい》」

「では人妻か独身かだけでも教えてくれないか」

「人妻……です。それも、極めて貞淑《ていしゅく》な」

佐知子は、そう言うと、ふっと悲し気な表情を見せた。

その表情が、松本の心を揺さぶった。

「やはり人妻か。そうではないかと思っていた。そぶりや話し方に、女らしさが滲《にじ》み出《で》ているからなあ」

「人妻なら、おいや?」

「いや、逆だよ。君に対して余計に欲望を覚えるね。男は本能的に他人の物を奪いたがる。今の会社だって無性《むしょう》に欲しいのだ。だから私は君を、生涯の第二の妻にしたいくらいなのだ」

「まあ……」

「でも、人妻の君が、なぜ私と付き合うんだ。亭主とうまくいっていないのか」

「いいえ、主人を誰よりも愛しています」

「では、なぜ私と泊まりがけの旅に出たりするんだ。亭主に知れたら困るだろうに」

「主人は、いつも自分が理想とする事の実現だけを求めて、仕事ひとすじに生きているような男です。私のことを愛してはくれていますけど、とても私の話し相手になってくれるような時間は持ち合わせていないようですわ」

「うーん、確かにそのような男、いるなあ……そうだったのか、君も孤独なんだ」

「だから、あなたと話していると、心の寂しさが潤《うるお》います。ごめんなさい、こんな言い方、お気を悪くなさって？」

「いや、知らなかった君の一面に触れて、ますます君を身近に感じるよ。今夜は、私の胸の中で思いきり甘えてくれ」

「ありがとう松本……さん」

佐知子は声を震わせて言うと、そっと目頭《めがしら》を押さえた。

松本は、左手をハンドルから離すと、佐知子の頭を、思いやりを込めて優しく撫《な》でてやった。まるで幼子にでも対するかのように……。

この時、また白いカローラが、バックミラーに映った。

だが松本は、もうそのカローラを全く気にしなくなっていた。

松本が湯河原温泉から帰京して五日目に、ワンマン有賀の提案で急遽《きゅうきょ》、労使の幹部会議が開かれることになった。

これには会社側から有賀社長、専務、そして常務の松本の三人が出席し、組合側からは委員長、副委員長、書記長の三役が出席した。

有賀が出席する場合は、いわゆる団交ではなく、労使間に横たわる問題点を大局的な観点から協議し合う、『トップ会談』ということになっている。

この労使幹部会議は二カ月に一度、有賀の音頭《おんど》で開かれる慣例になっていたが、春闘の間は休会になるのが普通であった。

（一体どうしたというんだ）

春闘の最中での、例外的な労使幹部会議だけに、松本は有賀の真意をはかりかねた。

団交は、松本が一手に引き受けており、春闘の間、有賀は絶対と言っていいほど、組合幹部の前には姿を見せない。

団交が激烈な状態になると、一週間や十日、会社へ姿を出さないで、自宅から電話で指示を出すことがあるくらいだった。

その有賀が、団交の最中に労使幹部会議を提案したのだから、松本が怪訝《けげん》に思うのも無理はなかった。

労使幹部会議は、社長室の隣にある、役員会議室で行なわれた。

「さて諸君、今日は私の方から重大な提案があるので聞いて貰いたい。本日、この席で話し合われたことは、直《ただ》ちに後日の役員会議にはかって正式に決定することになるので、そのつもりでいてくれ」

有賀社長は、そう言うと、ゆっくりと皆の顔を見まわした。

「まず松本常務、団交の現状を簡単に、確認の意味を込めて報告してくれないか」

有賀は重い響きの声で言うと、松本の方へ鋭い視線を向けた。

「団交は、現状では事実上の決裂状態にあります。大塚委員長が、どうしても二十五パーセント昇給の主張を崩しませんので」

松本が、憎憎し気に大塚委員長の顔を睨みつけた。

大塚が、その視線を、平然とはね返す。

有賀が、今度は大塚の方へ顔を向けた。

「大塚君、どうしても二十五パーセントなのか？　これから私が言う妥協案を、受け入れる気はないかね」

有賀が言った。

松本はギョッとなった。

有賀が妥協案などを口に出すのは、前代未聞のことである。

「いいえ、社長のおっしゃる妥協案なら前向きに……」

大塚が、丁重《ていちょう》な口調で、答えた。

松本は唖然《あぜん》となった。大塚の今吐《は》いた言葉も、かつて聞いたことがなかった。社長の妥協案を呑《の》む方向で、前向きに検討するということは、ある意味で組合の敗北を意味する。

「では、今年の春は十五パーセントの昇給で承知してくれ、その代わり夏の賞与は昨年実績プラス一カ月とする。これでいいね」

「ええ、異存ありません」

大塚は、あっさりと頷くと、松本の方を向いてニヤリとした。

松本は、不気味なものを感じた。背すじに妙な冷たさが走った。

「さて松本常務、君には申しわけないが、常務取締役人事本部長の職を、次の取締役会で解任させて貰うよ」

「な、なんですって！」

松本は、予想もしていなかった社長の言葉に、愕然《がくぜん》となって立ちあがった。

「社、社長、一体、どうしたというんですか。訳をおっしゃって下さい」

「松本君、君は人事本部長という職にありながら、実に醜悪《しゅうあく》な行動をとってくれたね」

「は？」

「しらばっくれるのもいい加減にしたまえ。君は大塚君の細君である大塚佐知子さんに迫り、その後も脅迫的に交際を求めたというではないか。証拠はちゃんとあがってるよ」

松本は、思わずアッと叫んだ。体がぶるぶると震えている。

「しかも君は、彼女に仕事上の機密を漏らし、なおかつ、近い将来は創業社長である私を突き落としてでも、社長のポストを奪ってみせると言ったそうだな」

やられたっ！　と松本は思った。

彼は、真っ青な顔をして、大塚を睨みつけた。だが、声がかすれて反論の言葉が出てこなかった。

「君の後任には、思い切って大塚君を抜擢《ばってき》することにした。大塚君もやる気満満だ。

彼の発案で、副委員長を委員長にし、労使一体で新委員長による組合を擁立《ようりつ》することにしたよ。もう会社と組合が、対決する時代じゃない。ご苦労だったが、君は暫《しばら》くの間、自宅謹慎だ。その間に、再就職先でも考えておきたまえ」

有賀は、憎憎し気に、言い切った。

松本は、自分以上にスケールの大きな大塚の野望に、やっと気付いた。

だが遅すぎた。大塚は、自分の野望実現のため、長い時間をかけて、自分の妻を松本に接近させていたのだ。

松本は、がっくりと首を折ると、崩れるようにして椅子に座った。

大塚の唇の端に、冷笑が浮かんで消えた。

マッハの謀略《ぼうりゃく》

1

轟音《ごうおん》を発して、スカイタイガーF2は、航空防衛隊霞《かすみ》ケ浦《うら》基地を離陸した。

極東重工《きょくとうじゅうこう》が十年の歳月と、技術陣の総力を結集して開発した、電子システムを凝集《ぎょうしゅう》させた純国産の全天候型戦闘機である。

航空機専業メーカーである極東重工は、航空防衛隊への戦闘機売り込み合戦で、ライバル・メーカーである**日本重工**に大きく水をあけられてきた。

日本重工の背後には、伝統を誇る巨大なコンツェルンの存在があり、一匹狼《いっぴきおおかみ》的な航空機専業メーカーである極東重工には、そういった後《うし》ろ盾《だて》がない。

極東重工は力で、日本重工に押しまくられてきたのである。

だが、極東重工は、**航空機専業メーカー**としては名門だった。戦前は、数多くの軍用機を誕生させてきている。

戦後になってから、巨大コンツェルンの一翼《いちよく》である、日本重工に押さえ込まれてはいるものの、技術力では、極東重工の方に軍配が上がる、と見る専門家が多かった。

日本重工は、すでに航空防衛隊へ、マッハ一・九の国産戦闘機ブルーキャットM3

を二百機納入の実績を持っている。

しかし、ブルーキャットのターボ・ジェットエンジンは**米国製**で、日本重工が開発したのは**機体だけ**であった。つまり純国産とは、言えなかった。

日本重工が、このブルーキャットの生産に全力を投じている間、極東重工は、全《まつた》く沈黙していた。

そして、電撃的にスカイタイガーF2を誕生させたのだ。このことは、マッハ二・五を目ざして新型国産エンジンを開発中だった日本重工に、大きな衝撃を与えた。

テスト・パイロットの吉井孝明《よしいたかあき》は、操縦桿《そうじゅうかん》を握りながら、チラリと地上を振りかえった。

滑走路が、ぐんぐん小さく遠のいていく。

離陸の瞬間から、ほとんど急上昇であった。

「すべて快調、この角度のまま音速を突破する」

吉井の声は、自信に溢《あふ》れ、落ち着いていた。

彼は、極東重工の秘蔵っ子テスト・パイロットであり、航空技術部の副部長でもあった。

「高度五千、間もなく音速を突破させる」

吉井は、目の前にひろがる無限の青空を睨《にら》みつけながら言った。

彼の声は、霞ケ浦基地のテスト飛行追跡司令室と、極東重工の技術解析センターが同時に捉《とら》えていた。テスト飛行中の全データは、技術解析センターの大型コンピューターによって、設計段階で試算された性能と、テスト飛行で示された性能とが、細部にわたり瞬時に照合されるようになっている。

「高度七千、マッハ一・四、このままの角度を高度一万八千まで継続する」

吉井のその声が、基地と技術解析センターに流れた時、双方でオーッという溜息《ためいき》が漏《も》れた。

基地での溜息は驚異からきたものであり、技術解析センターのそれは、試算通りの性能がまず第一段階で示されたことへの安堵《あんど》からきたものであった。

一般に、超音速戦闘機は、角度40度から45度で上昇し、高度約一万メートルで、やっとマッハ〇・九から一・〇に達する。そのあと水平飛行に移って、百キロ前後飛行しながら加速して音速を突破し、再び角度20度から30度ぐらいの〈ズーム上昇〉といわれる、ゆるやかな上昇を開始する。

極東重工のライバルである日本重工のブルーキャットは、このズーム上昇でマッハ一・九、高度約一万八千メートルに達する性能であった。

つまりズーム上昇は、その超音速戦闘機の限界性能を出しきる、最終飛行段階ということになる。

この一連の常識を、極東重工のスカイタイガーＦ２は、高度七千でマッハ一・四という記録で打ち破り、さらに高度一万八千メートルまで、離陸角度のまま一気に上昇しようと、試みているのだ。

当初、このテスト計画に、航空防衛隊幹部は、無謀《むぼう》すぎる、と難色《なんしょく》を示した。

それを、極東重工の自信が、説《と》き伏《ふ》せたのだった。

極東にとっては社運を賭《か》けた新鋭戦闘機である。性能が認められれば、数百機の発注があることは必至であった。

「八丈夫かね、あのままの角度で……」

基地追跡司令室のレーダーを見つめながら、航空防衛隊総合参謀長、伊井《いい》宗十郎《そうじゅうろう》は不安そうだった。

「大丈夫です」

極東重工の技術担当常務、池田大善《いけだだいぜん》が静かな微笑を見せた。

「君の会社の技術解析センターでやっている、コンピューターの判定を、テスト飛行終了後、直《ただ》ちに見せてくれたまえ」

「心得ています」

池田が頷《うなず》いた時、吉井の声が伝わってきた。明るい声だった。

「高度一万六千、マッハ二・二。待機中のファントム戦闘機二機と合流。ここで編隊水平飛行に移るので了解願う」

伊井が、池田と顔を合わせて、凄《すご》い、と呟《つぶや》いた。緊張の余り、頰《ほお》の筋肉がわずかに痙攣《けいれん》している。

池田は、そんな参謀長に対して、あい変わらず静かな微笑を投げかけた。

吉井孝明は、左右を見て、軽く右手をあげた。

航空防衛隊の主力戦闘機であるファントムⅡが、スカイタイガーF2の左右に、ピタリと張り付いていた。それは、相手の顔が見えるほどの近さであった。

突然、スカイタイガーF2は編隊飛行から離れると、急降下、急上昇、背面飛行を繰り返し始めた。

目視観測《もくしかんそく》を命ぜられているファントムの乗員は、スカイタイガーF2の機動性能を、感嘆の声で地上へ報告した。

「瞬発変化の性能は、ファントム以上であると認む」

その報告を傍受した技術解析センターは沸《わ》いた。すべて試算通りの性能だった。

吉井は、再びファントムと並んだ。右側を飛ぶ相手が、親指と人さし指で丸をつくって大きく頷いている。

吉井も、頷き返した。

「これより、マッハ三・〇の単独水平飛行に入る」

吉井は〈極東GE15型エンジン〉の出力をあげた。極東重工が十年の歳月を賭けて開発した戦闘機用高性能エンジンだ。

「現在、マッハ二・六。単独飛行中……」

吉井は、そう報告しながら、周囲を見まわした。すでにファントムの姿はなかった。

ファントムの最高速度はマッハ二・四である。だが、それはあくまで、ぎりぎりの限界値であり、通常はマッハ二・二あたりが最高速度といわれている。

要するに、スカイタイガーF2のスピードに、ついてこられないのであった。

吉井は、高度を一万に下げた。

「マッハ二・八、すべて快調」

この時、彼のレーダーは、猛速《もうそく》で接近する二つの機影を捉えていた。

「マッハ二・九。すべて快調。なお北東より高速機が二機接近中。地上レーダーで確認願う」

　吉井の声は、平静であった。

「地上よりテスト機へ。接近中の二機は国籍不明、直《ただ》ちに反転して帰還せよ。ファントム二機が国籍不明機へ向かう。帰還を急げっ」

　地上からの指令は、かなり緊迫していた。

（ファントムのスピードでは無理だ。間に合わない）

　吉井は、高度を五千に下げた。青黒い絨毯《じゅうたん》を敷きつめたような海面が、ぐーんと目の前に迫ってくる。

　恐怖に似た孤独感が、やっと彼を襲った。

「現在、高度五千、マッハ三・〇。これより帰還。だが間もなく国籍不明機と遭遇する」

　スカイタイガーF2には、二十ミリ・バルカン砲の実弾が装塡《そうてん》してあった。実射テストをするためだ。

（やるか……）

　大胆にも、吉井がそう思った時、彼方《かなた》にキラリと鋭く光るものがあった。

　彼は、きたっ、と思った。

「帰還を急げっ」

地上が怒鳴《どな》った。

「ただいま遭遇、国籍不明機の出方により応戦する」

「馬鹿《ばか》を言うな、君は民間人だ」

「私は、まだ無駄死にしたくない」

吉井は、言ってから、無線のスイッチを切った。交信を、わずらわしく思ったからである。

（それにしても恐るべき高速だ。まさかＵＦＯでは……）

そんな馬鹿な、と思いながら、さらに高度を下げようとした時、スカイタイガーＦ２の左右に、ふっと白い機体が並んだ。

吉井は、反射的に反転し、急上昇しながら、無線のスイッチを入れた。

「現在、国籍不明機と並列飛行中。かなりの高性能で振り切るのは困難。機体は白色、所属国のマークなし。ただし、ミグ25フォックスバットにほぼ間違いないと思われる」

吉井の報告に、地上は騒然となった。

ミグ25フォックスバット――それは、ロシアが誇る世界最高の大型快速戦闘機であり、軽くマッハ三・〇以上を出すといわれている。その恐るべき戦闘機と、今スカイタイガーF2は肩を並べて急上昇しているのであった。

吉井の背中に、じっとりと汗が伝った。

「高度一万八千、これより設計最高速度マッハ三・三で振り切ってみる」

吉井は、エンジンの出力を、最高にあげた。

「マッハ三・二……」

だが、国籍不明機は、スカイタイガーF2を挟《はさ》んで離れなかった。

「マッハ三・三……相手機は離れない」

吉井は、そう報告しながら、風防ガラスの向こうにいる〈敵〉を見た。

並んでこちらを見ている相手の様子に、明らかに驚きの気配があった。

「相手はスカイタイガーの性能に驚いている様子。性能擬装《ぎそう》のため、これよりマッハ一・八にスピード・ダウンして帰還する。相手に攻撃の気配《けはい》なし……」

吉井は余裕を取り戻すと、背中の汗の冷たさを噛《か》みしめた。生きている実感があった。

前方にファントムの機影が見え、〈敵〉が両脇《りょうわき》から離れた時、彼は、初めて自分が日本人であることを意識した。

（それにしても、国籍不明機の出現は、全くの偶然なのか……それとも今日のテスト計画が事前に漏《も》れていたのか）

相手の機体はノー・マークであったが、ミグ25フォックスバットに酷似《こくじ》していたことと、飛来してきた方角が北東であったことを考え併《あわ》せると、発進基地国は、考えるまでもなく推定出来た。

それにしても、どのような飛行方法で、日本の防空レーダー網を突破して、近付いてきたのであろうか。

2

銀座《ぎんざ》の高級クラブ『蝶《ちょう》』で、吉井孝明は疲弊《ひへい》した体をソファに沈め、ゆっくりとブランデーを舐《な》めていた。

極東重工の幹部が常連のこの店には、ホステスに白人女性が多い。

「何か考えごとをしているみたいね」

吉井の横に座った金髪女が、流暢《りゅうちょう》な日本語を喋《しゃべ》った。

「疲れているんだよ……ところで君はあまり見かけない顔だな」

「ええ、一週間ほど前に来たばかりなの。以前は銀座四丁目のクラブQにいたのよ」

「あの店も高級らしいね。この店のママに引き抜かれたのか」

「自分からやめて、この店に来たのよ。だって、こちらの方がお給料がいいんだもの」

金髪女は、そう言って笑った。笑うと、今にもこぼれ落ちそうな巨《おお》きな胸が、ドレスの中で躍《おど》った。全身が熟《う》れきっている。

「名前は?」

「ピティと呼んで。ミスよ、恋人もいないわ」

「ピティか、可愛《かわい》い名だね。それに君はとても綺麗《きれい》だ」

「本当に綺麗?」

「本当だとも。この場で、直ぐにでも抱きたいほどだよ。君の豊かな美しい体を毎夜、抱ける男がうらやましい」

「抱かせてあげてもいいわ。でも、奥さんに悪いわね」

「私は独身なんだ。だから誰《だれ》にも気がねなく、堂堂と君を力一杯抱けるんだがね」

独身は、嘘《うそ》ではなかった。何が起こるか判らないテスト・パイロットという激職が、彼に、平凡な結婚を思いとどまらせていた。

「本当に独身？」

「たった一人さ……ふと気付いたら三十七になっていた。いささか寂しいね」

吉井はそう言って遠い目をした。そんな彼の横顔を、ピティは青い目で食い入るように眺めた。

顔馴染《かおなじ》みのマネージャーが、ピティの傍《かたわ》らへすっと寄ってきて、何事かを囁《ささや》いた。

「どうした、誰かの指名か」

吉井が顔をしかめて訊《たず》ねると、マネージャーは、吉井の耳元で（御社の社長さんがお見えなんです）と言った。

見ると、なるほど薄暗い店の奥に、極東重工社長・大沼徹雄《おおぬまてつお》が、社長秘書の田川《たがわ》京子《きょうこ》とともに姿を見せていた。田川京子には、社長の情婦だという噂《うわさ》が、社内の一部にあった。整った顔立ちをしているが、どこか険《けん》のある冷ややかな女である。

（社長は田川京子を手にして、またピティにも手を出そうとしているのだろうか）

吉井は、不快そうに立ちあがると、店を出た。

大沼徹雄は、経営者としては特異な経営手腕を持っている。しかし、ダンディーで遊び好きな男で通っていた。デジタル的感覚とアナログ的嗅覚の、両方に秀でている。

クラブ『蝶』を出て暫《しばら》く歩いた時、吉井は、いきなり背中をドンと叩《たた》かれた。

驚いて振りかえると、ピティが息を弾《はず》ませて立っていた。その表情が苦しそうであった。

「これ、私の部屋のキイ。ここにマンションまでの地図が書いてあるわ。私が帰るまで、待ってて……」

ピティは、唖然《あぜん》としている吉井の手に、キイとメモ紙を握らせると、踵《きびす》を返して走り去った。

吉井は、苦笑を漏らし、メモ紙に書かれた地図に目をやった。


ピティがマンションに戻ってきたのは、午前一時を過ぎた頃《ころ》である。

「待ちかねたよ」

吉井は彼女を見るなり、自分から全裸になった。

テスト・パイロットとして、肉体は日頃から鍛《きた》えてあったから、自信があった。

ピティは、怒り天を衝《つ》いている吉井の体に、熱いまなざしを向けながら、ゆっくりとドレスをとった。

輝くばかりの、白い裸身であった。豊かな乳房の先端は、いかにも経験の豊かさを物語るかのようにして、突起している。

「思った通りだ、美しい……」

彼はピティを力強く抱き寄せた。ピティの体が、はやくも反応しているのが吉井には判った。

(多感だ、この女は燃える)

吉井は、ピティを抱きあげ、軽軽とベッドへ運んだ。男らしい腕力を、彼女に知らしめようとする下心が働いていた。

彼は、筋肉質な体をピティにそっと重ねた。荒荒しさと優しさの二枚舌で攻め立てるつもりだった。せこい演出だ、と自分でも思っている。

「すてきだピティ」

「あなたもよ……」

吉井は、ピティの花に指を這《は》わせた。

ピティの喉《のど》の奥から、初めて嚙み殺すような呻《うめ》き声《ごえ》が漏れた。

吉井は時間を忘れた。

忘我の境へと激しく陥《おちい》っていった。全身が震えに見舞われる程だった。

二人がベッドの上で目を醒《さ》ました時、朝陽《あさひ》がカーテンの隙間《すきま》から差し込んでいた。

「君は、極東重工の大沼社長と親しいのか」

吉井は、ピティの胸を優しく撫でてやりながら訊ねた。

「よくは知らないわ。私が親しいのは秘書の田川京子さん。私はこれでも、土曜と日曜に語学塾で英語とロシア語を教えているの。田川さんは、そこの生徒」

「ロシア語……そうだったのか」

吉井は、ピティの額《ひたい》に軽くキスをすると、ベッドを出て服を着た。

「また来てくれる？」

「もちろん……」

吉井は彼女の枕許に戻って、もう一度額にキスをしてやり、マンションを出た。

朝陽が、眩《まぶ》しく彼の目を射た。

「そうか……ロシア人だったか」

吉井は呟いて、どうりで肌が雪のように白かったはずだ、と納得した。

高級クラブのロシア人ホステスは、ロシア語で刷られた名刺を持っていることが多いと言う。国に誇りを持っているのであろうか。

「そう言えば、数日前……」

ロシア人ホステスの一枚しか残りが無くなった名刺を、日本人客が奪い合って摑《つか》み合いの喧嘩《けんか》となった記事が『毎朝《まいあさ》新聞』に載っていたな、と吉井は思い出して思わず苦笑した。

美しいロシア人女性の名刺、の取り合い、は恐らく歪んだかたちで長く尾を引くだろう、と余計な心配をしながら……。

3

出社した吉井は、大沼社長の呼び出しを受けた。

さてはピティのことが露見したか、と思いながら社長室へ行ってみると、上機嫌の大沼と、とり澄ました田川京子が、応接ソファに座っていた。

「君のお陰で、スカイタイガーF2の真価が発揮出来た。池田常務の話によれば、伊井総合参謀長が、ファントムに代わる次期主力戦闘機に、スカイタイガーF2を強力に推挙《すいきょ》すると約束してくれたらしい。純国産機が、わが国の主力戦闘機になるなど、まさに画期的なことだよ。戦後の歴史の一ページを飾るね。ありがとう、吉井君、よくやってくれた」

大沼は、アフリカ水牛でつくられたソファから立ちあがると、吉井の傍《そば》にやってきて、彼の肩を軽く叩いた。

吉井は、さすがに喜びを覚えた。

「あの日、社長は技術解析センターの無線機にかじり付いていましたのよ。国籍不明機が現われた時は、社長もスタッフの人たちも、すっかりパニック状態で大変でした」

田川京子は、そう言ってクスリと笑った。本来なら彼女は、隣の秘書執務室に控えている立場であった。それが今、副社長でもあるかのような態度で、吉井を眺めている。

「コンピューターのデータ分析で判ったことですが、マッハ三・三の時に、機体がわずかに上下震動していました。しかし、これは技術的には容易に解決出来ると思いますので、ご安心下さい社長」

「うむ……まあ、いずれにしろ日本重工は大打撃を受けるだろうな。我我の極秘開発の勝利だよ。日本重工が、たとえマッハ二・五の性能を持つ国産エンジンの開発に成功したとしても、当分の間、スカイタイガーF2には、太刀《たちう》打ち出来まい」

「スカイタイガーF2の完成は、新聞に大きく報道されましたが、国籍不明機の出現は記事になりませんでしたね」

「航空防衛隊が押さえたんだ。そんな恐ろしい戦闘機を国産するから国籍不明機が出現するんだ、と国防意識がまるで無い野党がまた騒ぎ出すのを警戒したらしい」

「なるほど……しかし私には、あの国籍不明機の出現は、どうしても偶然とは思えません」

「まあ、いいじゃあないか。写真ぐらいは撮られたかもしれんが、事故にならずに済んだんだ。それよりも日本重工の動きの方に神経を払う必要がある。連中は必ず極東GE15型エンジンの機密を手に入れようと焦り始めるよ」

「技術部全員に守秘義務を徹底させています。ところで、私が今心配しているのは、総合参謀長の言うように、スカイタイガーF2が、そんなに簡単に次期主力戦闘機になり得るだろうかということです。米国製の戦闘機を購入することは、外交政策上の重要な意味もあるのでしょう。それに、米国の航空機メーカーがおとなしく黙っているとは思えません」

「うん、確かにそうだ。事実、スカイタイガーF2の記事が発表された翌日、ファントムのメーカーが早早と伊井参謀長に何事かを申し出ているという噂だ。けどね吉井君、戦闘機はあくまで性能だよ。国防のためには性能の優れた戦闘機を第一に考えるべきで、外交政策上の影響は、そのあとの問題だ。国策的な意味においても、スカイタイガーF2は、次期主力戦闘機になると、私は確信するね」

大沼はそう言って、もう一度吉井の肩を叩いてから、ソファに戻った。

この時、社長室のドアがノックされて、常務の池田が入ってきた。

「お、吉井君もいたのか、ちょうどよかった。実は社長、つい先ほど、伊井総合参謀長から電話が入って、スカイタイガーF2の性能研究会を、早急に何処《どこ》かのホテルで実施したいという申し出なんです。それと、もう一つ、テスト機を来週の木曜日に北海道の基地へ運んでほしいとのことです」

そう言い言い、吉井の隣に腰を下ろした池田常務だった。

「結構なことだ。直ちに研究会は実施したまえ。接待は表向きは地味に目立たぬよう、しかし存分にな常務。テスト機の移送は吉井君に任せなさい」

「承知しました……それから伊井総合参謀長から日本重工の動きに関する情報を一つ貰《もら》いました。それによると、日本重工は政府の側面的な援助を受けて、シベリアの長期開発計画に参加するらしいですよ。近いうちに調印の運びとか」

「やらせておけばいい。日本重工の背後には巨大コンツェルンが控えているから、浅く広く手を出せるんだ。でも池田常務、わが極東重工は、あくまで航空機専業メーカーで押し通すよ。君も、そのつもりでな」

「はっ」

池田常務と肩を並べて社長室を出た吉井は、久しぶりに疲れのとれた自分を発見していた。

(スカイタイガーＦ２が、次期主力戦闘機になる。ファントムを一蹴《いっしゅう》して……)

それは技術部全員の夢であった。

「来週の木曜日は北海道だ。北海道基地の幹部将官たちに、スカイタイガーＦ２の威力を充分に見せつけてくれ。搭載する新型バルカン砲や長射程ミサイルの実射テストも確《しっか》りとな」

池田が、信頼の目で、吉井の顔を見つめた。

4

土曜日の午後三時から、帝国第一《ていこくだいいち》ホテルで〈スカイタイガーＦ２性能研究会〉が極秘裏《り》に行なわれた。

防衛省技術局幹部、航空防衛隊最高幹部、そして池田常務を中心とする極東重工技術部スタッフが出席して行なわれたこの研究会で、スカイタイガーF2の性能に関する白熱した質疑応答が予定時間を超えて繰り返された。

この席で、来週木曜日に予定されている北海道基地でのテスト飛行について、伊井総合参謀長がきびきびした口調で、こう締め括《くく》った。

「北海道の航空部隊は、ファントム及びブルーキャットM3で編成された、わが国最強の実戦部隊です。そこで、当日はファントム及びブルーキャットを敵機と見なした、模擬《もぎ》空中戦を実施し、スカイタイガーの実戦性能を分析したい。むろん一対一ではなく、スカイタイガー一機対複数敵機の空中戦で、瞬間対応性能をじっくり見る予定です」

池田と吉井は、伊井総合参謀長の顔を、まっすぐに見返し深深と頷いた。

研究会のあとの夕食懇親会を和やかに済ませた吉井が、帝国第一ホテルのロビーに降りてきた時には、午後九時を少しまわっていた。

「ん？」

彼は、ホテルを出ようとして、一瞬、足をとめた。

少し離れたところで、田川京子とピティが親し気に話し合っているのを見かけたからである。そして、二人の傍に恰幅《かっぷく》のいい老紳士と、背の高い白人の男性が、にこやかに立っていた。

(今日は土曜日か……するとピティは、語学塾の帰りかな。……それにしても、あの老紳士、どこかで見たことがある)

吉井は、ちょっと首をひねってから、ホテルを出た。

彼はホテルを出たあと、クラブ『蝶』へ行ってピティに会うつもりでいたのだが、仕方なく予定を変更して、行くあてもなく銀座をぶらついた。

そんな彼の目に、ふとクラブQのネオンが飛び込んできた。以前ピティのいた店だ。吉井の胸の内に、生温《なまあたた》かい興味が湧き上がってきた。

(入ってみるか……)

彼の唇の端が、チラリと笑った。

店は、すいていた。三十を過ぎたと思えるおとなしそうな和服姿のホステスが、吉井の横に座った。どこかに翳《かげ》りのある暗い女であった。

吉井は看板まで粘り、その女を誘った。

女は、ひっそりと微笑《ほほえ》んで、吉井の誘いを受け入れた。その表情に、大人の妖《あや》しさがあった。

吉井が一足先に店を出ようとすると、出口のところで、不意に入ってきた一人の男と激しく肩がぶつかった。

相手は不快そうに舌打ちをすると、吉井を睨みつけた。

「失礼――」

吉井は、軽く頭を下げてから、あれっと思った。

つい二、三時間前に、帝国第一ホテルのロビーで見かけた、あの恰幅のいい老紳士だったからである。

吉井は「もしや……」と思って、急ぎ店の外に出てみたが、ピティや田川京子の姿は見当たらなかった。

どうやら、その老紳士は、看板間際《まぎわ》に一人でやってきたようだ。

吉井は、店を出てきた女に寿司《すし》を馳走《ちそう》したあと、新橋《しんばし》駅近くの割に上質な連れ込みホテルへ誘った。

女はホテルの入口で、前もって決めていたかのように、ちょっと躊躇《ちゆうちよ》して見せたが、吉井が促《うなが》すと黙ってついてきた。

5

和服をとった女の裸身は、ほっそりとしていた。しかし、腰と胸に、豊かな肉がついていて、成熟した女の香りを放っていた。女は、ホステスらしからぬ恥じらいで秘部を両手でかくし、吉井が抱き寄せようとすると、小さな抵抗を見せた。

(何か事情のある女だな……)

吉井はそう思いながら、何かよく判らない物に、コツンと触れたような気がした。ベッドに入った女は小さく震えていた。目に怯《おび》えの色さえあった。

吉井は、それを無視して、女の乳房に軽く手を触れてみた。

女の体が、ぴくりと硬直した。

(この怯えた感じ……子持ちの真面目な母親かな。だから体の線が崩れていない。男遊びをしていない女の体だ)

吉井は、女の心と体に、新鮮さを感じた。

「あ……」

吉井に乳房を口に含まれ、女が初めて悲鳴のような小声を漏らした。それは、肺の奥深くから吐き出された、もの悲しい切《せつ》ない響きを持っていた。

吉井は構わず、指先を女の腹に這わせた。

「いや、よして下さい……お願い」

女は、今にも泣き出しそうな目をして、体を固く閉じた。いや、**心を閉じた**、という表現の方が似合う女の様子だった。

「何も考えないことだ……素直さが、君をいっそう妖しく美しくする……すべてを忘れるんだ。それとも、私に何か訴えたい事でもあるのかな」

吉井は、優しく女の耳許に囁きかけた。

女は顔をそむけた。下唇を噛んでいた。

「なぜ、私について来たんだね……金が欲しいのか」

「お金など、欲しくはありません」

「一体どうしたのだ……何か事情を抱えているような感じがするが……」

「事情など、抱えてはいません」

吉井は、女の髪を、そっと撫でてやりながら訊ねた。

「名は？　……本名だ」

「矢野秋子《やのあきこ》……クラブQに入って、まだ四、五日にしかなりません」

「どうりで……でも君には暗さがあるな。どこか悲しそうな暗さだ」

「仕方ありません。主人を亡くして三カ月にしかなりませんもの。子供は小さいし」

「矢張りそうだったのか、素人《しろうと》の君には水商売はつらいだろう……にしても、私によく付いてきたね」

「寂しくて……心細くて……それでつい。クラブQには色色な人の出入りがあって面《おも》白《しろ》そうですけれど、私には合いそうにありません。まだ日が浅いので、水商売のことはよく判りませんが、航空会社の人や、外国大使館の人や商社の社長さんなど、一流の人が多いようで緊張いたします」

「その中から早くいい人を見つけたらいい。パトロンではなく、第二の夫となる人をな」

「そうなれば、いいですけれど……でも無理」

「それにしても、どうして僕に抱かれようとしたのだ。君は男に誘われて、簡単についてくるような人じゃないと思うんだが」

「本当に寂しく心細かったのです。それに、あなたが亡くなった主人に年恰好《としかっこう》が似ていたものですから。ごめんなさい」

「ふうん……」

吉井は複雑な気持で、女の顔を、まじまじと見つめた。

6

スカイタイガーF2の北海道への移送には、ファントム一機とブルーキャットM3二機が護衛につくことになった。

「まさかライバル・メーカーの戦闘機が護衛につくとは思いませんでしたよ」

霞ケ浦基地の司令室で、吉井が伊井総合参謀長に向かって言うと、伊井はニヤリとして、

「親心だよ。現地での模擬空中戦の前に、飛行中のブルーキャットの飛行状態を、目の前で知っておくのもいいだろうと思ってね」

「ブルーキャットの性能は、すでに我我は充分に、知りつくしています」

「それは判っている。しかし、スカイタイガーがブルーキャットと空中戦をした訳ではあるまい。公《おおやけ》には言えないが、移送途中の空域で、ファントムとブルーキャットの格闘を君に見せてやるように、搭乗員には命じてある。参考にしたまえ」

「そうでしたか。ご配慮、感謝致します」

吉井は、頭を下げてから、腕時計を見た。

間もなく離陸の時間である。

「気をつけていきたまえ。それからこの経済誌を、向こうに着いてからでも、読んでみたらどうかね。日本重工のシベリア開発計画に関する記事が出ているよ」

「そうですか。はい、読ませて頂きます」

「それから前回のように国籍不明機が現われた場合は、静かに飛行することだ。万が一の場合になっても護衛機に任せて、君はその間に振り切って逃げたまえ。君は戦闘員じゃあない。民間人のテスト・パイロットなんだからね。しかも、極東重工の秘蔵っ子テスト・パイロットだ」

「ええ、充分に心得ているつもりです」

吉井は司令室を出て、待機するスカイタイガーF2に搭乗した。

ファントムとブルーキャットが、轟音を発して先に舞いあがった。右手前方に三菱《みつびし》F1超音速支援戦闘機が翼を休めている。これもブルーキャットと同様、エンジンが外国製の、いわゆる半国産機であった。

「スカイタイガー、離陸せよ」

基地管制塔の指令で、スカイタイガーF2は、鋭い金属音を発して滑走路を蹴《け》った。そして、そのまま45度の上昇角度で、ぐんぐん高空に突っ込んでいく。

その様子《ようす》を、司令室の窓から双眼鏡で追っていた伊井総合参謀長は、うむっ、と感心したように唸《うな》った。

(第一線の隊員の中にも、あの男ほどの操縦能力を持ったものは数少ない)

民間人にしておくのは惜しい、伊井はそう思った。

スカイタイガーF2は、高度一万で、先発機と合流し編隊を組んだ。

先頭を、ファントムが誘導するかたちで飛び、吉井の左右にブルーキャットが付いた。

(まさか日本重工のスパイが、操縦しているのではあるまいな)

吉井は、そんな妄想にとらわれながら、ひとり苦笑した。

「予定通りか、応答せよ」

技術解析センターからの専用無線であった。池田常務の声である。

「異常なし。現在、高度一万、マッハ一・九。先頭にファントム、左右にブルーキャット。このまま水平飛行を続ける」

「了解」

マッハ一・九は、ブルーキャットM3の限界に近い能力である。

吉井は、優越感を覚え、左右に並ぶ暗緑色のブルーキャットを眺めた。

搭乗員が親し気に手をあげている。

吉井は、頷いて、それに応《こた》えた。

彼は、自動操縦に切り替えた。極東重工が開発した画期的な全天候飛行安定自動システムである。少し大袈裟《おおげさ》に言えば、機体を超音速で飛ばしながら昼寝《ひるね》さえ出来る。

ほんの僅《わず》かな時間であったが、吉井は伊井総合参謀長から貰った経済誌を手に取った。

なるほど、日本重工のシベリア開発計画に関する記事が、数ページにわたって出ていた。

日本重工社長・堺玄造《さかいげんぞう》と、ロシア産業貿易省のシベリア開発担当次官との握手の写真も、大きく載っていた。

「はて?」

そう思った次の瞬間、吉井は強烈な衝撃を受けた。写真の中で、にこやかに握手する二人は、間違いなく帝国第一ホテルのロビーで見かけた老紳士と白人の男性だった。

つまり、クラブQで吉井と肩がぶつかった老紳士は、日本重工社長・堺玄造だったのだ。

「どうりで、どこかで見た顔だと思った……」

吉井は、技術解析センターへ、社用の緊急信号を送った。これは高度に暗号化されている。

「どうした、何があった」

技術部門統括役員である池田常務の緊迫した声が、かえってきた。

「重大報告。社長秘書・田川京子より本日の移送計画が、外部へ漏れている恐れあり。なお、わが社が多用しているクラブ『蝶』のピティというホステスは共産圏のスパイと思われる。ピティが、以前にいたクラブQは、日本重工の秘密のたまり場である可能性あり」

「なんだって……」

「詳細は帰還後に報告、以上――」

吉井がそう言った時、レーダーが警戒信号を発して、自動操縦システムがOFFとなった。

吉井は、やはり来たか、と思った。

「地上より、スカイタイガーへ。直ちに帰還せよ。国籍不明機が北東及び南東の両方向から接近中」

「スカイタイガー、帰還します」

吉井は、反転すると急降下に移った。

ファントムとブルーキャットが北東と南東の両方へ散っていく。

明らかに〈敵〉は、挟み打ちを狙《ねら》っているようであった。

「高度三千、マッハ三・〇、現在、水平飛行中。帰還を急ぎます」

吉井は機首を、まっすぐに西へ向け、なに気《げ》なく海面を見て、オヤッと思った。見なれない艦船の一群を発見したからである。

彼は、飛行機には詳しかったが、艦船の知識は余りなかった。

「スカイタイガーより地上へ。外国艦船らしい船団を発見、これより接近する」

吉井は、再び機首を下に向け、船団の頭上を通過して反転した。

甲板《かんぱん》上に見え隠れする船員たちは、間違いなく白人だった。

「艦船の所属国不明、母船らしい艦船の色は灰色、船形は米軍の揚陸艦に似ている」

「地上よりスカイタイガーへ。全速で帰還せよ、国籍不明船団は、海上回収艦と思われる」

海上回収艦と聞いて、吉井は本能的な恐怖を覚えた。

(奴《やっ》らはスカイタイガーを撃墜《げきつい》し、海上で機体を回収するつもりかもしれない。それほどまでに、このスカイタイガーの性能に脅威を覚えているのか)

吉井は高度をあげ、極東ＧＥ15型のエンジンの出力を最高にした。

「マッハ三・三。依然レーダー反応あり」

「地上より、スカイタイガーへ。ファントム及びブルーキャットが国籍不明機と交戦中。帰還を急げっ」

「交戦……」

吉井は、愕然《がくぜん》とした。聞き間違いではないか、と思った。

戦後数十年を超える平安が、音をたてて崩れていくようにも思った。

国籍不明機の出現は、日本領空近辺で過去に数えきれないほどあった。だが、交戦という重大事態に陥《おちい》ったのは、今回が初めてだ。

(しかも、このスカイタイガーのために)

彼の、操縦桿を握る手は、震えた。

「スカイタイガーへ。ブルーキャットが一機撃墜された模様。ファントムが迎撃《げいげき》に向かった。エンジン全開で帰還を急げっ」

吉井と基地管制官との交信に聞き入る、極東重工の技術解析センターのスタッフは、蒼白《そうはく》であった。傍受する基地管制官の声の、震えているのがはっきりと判った。

7

「無事に帰ってくれ、吉井君……」

技術解析センターに駈《か》けつけて、池田常務からすべてを聞かされた社長の大沼は、沈痛な面持《おももち》で、うなだれた。

部屋には内側からカギが掛けられ、技術スタッフ以外は完全に立入禁止であった。

「彼と交信したい」

大沼が呻くように言った。

「なりません社長、今は、基地管制官に全面的に任せるべきです」

「大変なことになった……あの田川京子めが……目をかけてやっていたのに」

そんな大沼の肩に、池田常務がいたわるように手を置いた。

吉井は、高度を一気に一万五千まであげると、何を思ったか機首を南東に向けた。

「スカイタイガーより地上へ。これよりブルーキャットの支援に向かう」

「無茶をするな。戻れっ」

基地管制官の声は、もはや絶叫に近かった。

吉井は、それを無視した。

(私は民間人である前に、日本人だ)

吉井の体に、怒りが噴《ふ》きあがっていた。

ピティや田川京子の顔が目の前にちらついた。

許さんぞ、と彼は思った。

「マッハ三・三、前方に交戦中のブルーキャットを発見、援護する」

吉井の声は、落ち着いていた。

だが、それは逆に、彼の内心の恐怖を示すものであった。

無線を傍受する技術解析センターのスタッフたちは、吉井の急変した動きに、総立ちとなった。

「彼のあの性格だ……必ず、こうなると思っていた」

池田常務が、そう言って、ガックリと肩を落とした。

「国籍不明機、別方向より飛来、交戦中」

吉井は、急降下して逃げきると、ブルーキャットを追尾中の別の一機に急接近して、バルカン砲を叩きつけた。

「国籍不明機一機撃墜、機種は前回と同じく、ミグ25フォックスバットに酷似」

一機撃墜の報に、基地管制官は沈黙した。

技術解析センターのスタッフたちは、ぶるぶると体を震わせて、恐怖を嚙みしめた。

と、矢庭《やにわ》に大沼が無線機に飛びついた。

「吉井君、吉井君、大沼だ……頑張ってくれ。頑張って生きて帰ってくれ」

大沼は、そのまま膝《ひざ》を崩すと、男泣きした。

吉井は、その声をはっきりと聞いていた。

彼は、急降下し、海面すれすれに飛行して国籍不明船団をバルカン砲で掃射《そうしゃ》した。

その背後を、ミグ25フォックスバットに酷似した大型戦闘機が、凄《すさ》まじい音を発して追う。

マッハ三・三の壮絶な交戦であった。

技術対技術の闘いでもあった。ファントムもブルーキャットも手が出せない、最高技術同士の格闘である。

吉井は急上昇したあと、急反転で降下し、敵の横に出るや、バルカン砲を放った。

ふと、彼の脳裏《のうり》に、矢野秋子のもの悲し気な暗い顔が浮かんで消えた。

「君に……もう一度会うぞ」

頭の中で呟いた吉井は、機体を右へ二転、三転とひねりながら、正面から向かってくる国籍不明機へ、ミサイルを撃ち込んだ。敵機がバラの花のように飛び散る。

「来い……俺は日本人だ」

吉井は、声なき声で叫んだ。

背後の女帝《じょてい》

1

沢野由理《さわのゆり》は、ベッドから降りると、成熟しきった三十七歳の体を隠そうともせずに、田代昇平《たしろしようへい》を見つめた。

豊かな乳房に、田代の歯形が微《かす》かな赤みを残している。由理はわざとらしく、腰をひと振りした。乳房が弾《はじ》かれたように揺れながら天井のサークラインを浴び眩《まぶ》しい程の艶《つや》を放っている。

彼女の体から、快楽の余韻《よいん》であろう一粒の蜜《みつ》が、ポトリと落ちた。

肌の白い、はちきれそうな体は、とても三十七歳には見えない。

「駄目《だめ》よ、そんな人事」

由理は、乳房の下で腕組をすると、強い口調で言った。

田代は、ベッドに横たわったまま、反《そ》りあがった彼女の胸を見つめて、何かを言おうとした。

それを由理が、右手を軽く前に突き出すようにして、制した。男っぽいその動作に、彼女の気性の激しさが、表われているかのようだった。

「とにかく、私の言う人事にしてほしいの」

「だがな由理……」

「駄目よ、絶対に駄目。早川《はやかわ》を取締役に昇進させることには、反対だわ。あの人は、人柄が駄目。**二枚顔**……そう、**二枚顔**の男よ。それに、いつも私を無視しやがるのよ。しやがる、という言い方で充分だわ。私が社長室へ行くと、彼だけは、氷のような目で私を見るんだから。ほかの重役は、私とあなたを同列に並べて見てくれているのに」

「しかし由理。早川は有能な総務部長だ。**二枚顔**なもんか。あの男だけが、心底からの意見を私に向かって堂堂と吐《は》く。私に対する忠誠心も……」

「いいえ。彼は忠誠という仮面をかぶっているだけよ。私に冷淡だということは、あなたに対して隠された敵意を持っていることになるのよ。大嫌いだわ、あんな**二枚顔**の男」

「隠された敵意……か」

田代は、顔を歪《ゆが》めて呟《つぶや》くと、溜息《ためいき》をついた。

次第に由理の言うことが、もっともだという気がしてくる。

由理は、厳しい表情をいくぶん緩《ゆる》めて、わざとらしく腰をくねらせ、田代に近寄った。

田代を挑発する要領を心得た、体の動きであった。目の前の男が、「私に弱いこと……」を由理はすっかり心得ている。

実は今、彼女のデルタには、あるべき体毛がなかった。

田代の両手を合わせての願いを聞き入れ、剃《そ》ってあるのだ。

皓皓《こうこう》たる満月に見られるようなクレバスからは、小指の先ほどの可憐《かれん》な花が覗《のぞ》いている。

田代は、毛布の中から手を伸ばして、その花に触れようとした。

由理は、くるりと体の向きを変えて、ベッドの端《はし》に腰をおろした。

「判った。早川三郎《さぶろう》の取締役昇格は、やめよう。**二枚顔**の男かどうか暫《しばら》く様子を見てみる……それにしても、**二枚顔**などと、面白い言葉を拵《こしら》えたなあ」

「私は有能よ。ねえ、だから、この私を非常勤の取締役にでもしてくれない？」

「それは無理だ。幾ら私に権力、権限があろうと、自分の意のままに取締役を拵えることなどは出来んよ。わが社は上場企業なんだからね。それに社員たちは、私と君との関係を知っている」

「あなたは大株主でオーナーよ。ご自分の会社に対してどのような意思決定を下そうが、ほぼ自由でしょう」

「うーん、ま、それはそうだが……しかし、その希望は来来期にでも考えさせてくれ。な、いいだろう」

田代は、ベッドの上に上体を起こすと、苦虫を嚙《か》み潰《つぶ》したような顔をして、コホンと空咳《からぜき》を一つした。

由理の顔が、チラッと険《けわ》しさを覗かせた。

この時折り覗かせる由理の険しさに、妙に引かれて、七年前からすっかり夢中になっている田代であった。ワンマンの田代は、御世辞は聞き飽《あ》きていた。気性が烈しく一本気なだけに、甘ったるい御世辞にゾッとする事があるのだ。

だから彼は、自分の一本気な烈しい気性のままに彼女を熱愛してきた。

老いの青春とやらを、真剣になって、彼女の『体と心』に求めて、今日まで愛してきた。

今年で六十五歳になる田代は、東証《とうしょう》一部に上場《じょうじょう》するレディス・ファッションメーカー『日本レントリー』のオーナー社長である。業界では、首位の会社だ。

日本レントリーは、フランス、イタリア、イギリスなどの一流ファッション・デザイナーと独占契約を交わし、時代の先端を行く婦人服を矢《や》つぎ早《ばや》に発表して、大勢の固定客を抱えている。

資本金六百億円、年商六千九百億円をあげる日本レントリーが、年率三十パーセントの急成長を見せ始めたのは、七年前からである。

欧州の一流デザイナーのほとんどを独占的に押さえて、彼等《かれら》がデザインしたドレスを、国内で生産する、いわゆる『ライセンス生産方式』の採用が大ヒットしたのだ。

このアイデアを提供したのが、七年前日本レントリーの衣裳《いしょう》企画部に籍を置いていた、ファッション・デザイナーの沢野由理であった。

ワンマン社長・田代昇平は、業績アップの引金役となった彼女を、社長室付とし、やがて彼女の体に手を出して、今日まで普通でない関係が続いている。

抜群のファッションセンスをワンマン田代に認められている由理は、田代と関係を持つようになってからは会社をやめ、銀座《ぎんざ》、青山《あおやま》、原宿《はらじゅく》にかなりの規模のレディス・ファッションの店を経営していた。

資金は、むろん田代が出したが、店の名義は何と由理のものになっていた。このあたり田代の胆《はら》は大きい。チマチマしていない。

今や彼女は、会社の人事に対してまで強い影響力を有する、日本レントリーの女帝であった。ワンマン田代の『影の右腕』と囁《ささや》く社員たちも少なくない。

その豊満な肉体と知性的なファッションセンスを武器にして、田代の意思決定のかなりの部分を、意のままに操っている。

重役や幹部たちは彼女を恐れ、彼女をワンマン田代と同列に置いて、敬意を払った。総務部長の早川だけが、それに右へ倣《なら》えをしてくれない、と彼女は言うのだ。そして、早川は**二枚顔**だと。

盆・暮れには、彼女の元へ、重役や幹部たちから山のように品物が届く。

その中に、いつも早川三郎の名前だけがなかった。

「いいわね、あなた。念押しをしておくわよ。早川を昇格させては絶対に駄目よ」

由理は、毛布をかぶっている田代の上へ、甘えたように熟した体を被せた。

「わかった、わかった。私はお前が可愛《かわい》い。お前のファッション的なセンスから発した意見が、会社にとってマイナスとなったことは、一度もない」

「でしょう……」

由理はニコッとして、幼子《おさなご》に対するように田代の頭を撫《な》でながら、昇格から外《はず》された早川のくやしそうな顔を思い浮かべた。

(日本レントリーは、もう私のものも同然。田代は既に爺ちゃんだし……ふふっ)

由理は、田代に気付かれぬよう、唇の端に薄ら笑いを浮かべた。

2

早川総務部長は、秘書室からの電話連絡を受けて、社長室へ急いだ。

彼の取締役昇進は、すでに確実視された噂《うわさ》として、社内に定着している。

田代の右腕として早川は、人事政策、労使問題、社内不満分子の摘発、総会屋および相場師対策、対外的な政治折衝《せっしょう》などに、大きく貢献してきた。

早川の取締役昇進が実現すると、日本レントリーの三十二年の歴史の中で、初めて三十代重役が出現することになる。

紺のスーツが、りゅうとして似合う早川三郎は、今年で三十八歳。

仕事ひとすじで今日まで来て、まだ、家庭は持っていない。

彼は、社長室のドアをノックすると、田代の応答を待ってから、ドアをあけた。

彼の動きは、総務部長らしくきびきびとしていた。動きの一つ一つが、自信に満ちて無駄が無い。

色の浅黒い端整な顔には、男性的な力強さが漲《みなぎ》っていた。男性的、女性的という表現が既にアナログ化しつつある現代ではあっても、然《しか》し矢張りそれに相応《ふさわ》しい印象・雰囲気の早川だった。

早川は、机の上に積まれた書類に決裁印を押している、田代の前に立って一礼した。

田代が、難しい顔つきをして、一枚の書類を早川に差し出した。

「昨日の取締役会で、次長、部長及び取締役への昇進者が決定したよ。来月一日付で発令の予定だ。辞令を進備しておいてくれ」

「判りました」

早川は頷《うなず》きながら、直立不動に近い姿勢で昇格者一覧表に目を通した。

表には、十二名の昇進者の名前と現職、それに昇格後の新職務と職位が書かれてあった。

早川の目が、キラリと光った。

自分の名前が入っていなかった。

取締役に昇進することは、すこし前に田代から耳打ちされていた早川である。

「今期は、辛抱してくれ」

田代が、書類に決裁印を押しながら、突き離すような口調で言った。

「辛抱?……理由をお聞かせ下さい、社長」

「理由だと？……」

決裁印を押していた田代の手がとまった。

額《ひたい》に青すじが、走っている。

「事実上の決定者である社長の私が、なぜ人事《それ》の理由を、いちいち部下に説明しなければならんのだ」

「私は取締役への昇進を、社長ご自身から耳打ち、つまり内示されておりました」

「内示は、発令ではない。取り消しだってありうる」

「これまでに、内示が取り消しされた例はありません」

「くどい！」

気分を損《そこ》ねた田代が、決裁印を矢庭《やにわ》に、机の上に叩《たた》きつけた。

それが跳《は》ね返《かえ》って、机の前に立っていた早川の下顎《したあご》に、鈍《にぶ》い音をたてて当たった。

激痛が、早川の顔面を走る。

その痛みに、彼は耐《た》えた。

田代は、自分の考えや方針に口をはさまれると、すぐに感情を爆発させて怒り狂う事が多かった。けれども、これ迄は、早川に対してだけは『許容の幅』が、他の管理職・役員たちよりも広かったはずである。

社長の見解に対し意見を吐いて、系列会社へ左遷《させん》させられた重役は、幾人もいたと言うのに、早川に対してだけは**お構い無し**だった。

早川は、身じろぎもせずに、田代を見つめた。

その目が、田代に対する恐れを見せていない。

「おい。私に反抗する気か」

早川の態度に、田代は、椅子から憤然《ふんぜん》として立ちあがった。

「反抗はしません。昇格の内示取り消しの理由が、知りたいだけです」

「力不足だからだ」

「力不足……それではなぜ、内示をなさいました」

「うるさいッ。出ていきたまえ」

「内示取り消しの妥当な理由がない限り、承服できません」

「うぬぼれるな。人事は秒単位で動くものだ」

「うぬぼれている訳ではありません。社長に反抗している訳でもありません。会社の人事は、絶対にいい加減であってはいけないと思うからです。かつての社長の意思決定は、ワンマンではあっても、ことごとく的を突き、急所を押さえておられました。ですが……」

「貴様ッ」

青ざめた顔の、田代の手があがった。

早川の頰《ほお》がパーンと鳴る。早川への初めての、田代の暴力だった。

早川が、両脚をぐっと踏ん張って、その衝撃を堪《こら》えた。肉体よりも、心にこたえる衝撃だった。

真一文字《まいちもんじ》にひきしめた彼の唇から、糸のような血が伝い落ちる。

早川の双眸《そうぼう》は、爛爛《らんらん》たる光を放っていた。この凄《すさ》まじい精神力で、総会屋や企業ゴロを駆逐《くちく》してきた彼である。

三十八歳の強靱《きようじん》な肉体の中に、苛烈《かれつ》なビジネスの世界に生きる、男の闘魂が漲っていた。

この闘魂が、ワンマン田代の強力な右腕となっていたのだ。その早川を、田代は殴った。

誰《だれ》よりも早川の職務に対する闘魂を買っていたはずの田代がである。

破裂した気分を鎮《しず》められないのか田代は尚も、早川の闘魂に向かって、手を振りあげかけた。が、さすがに抑《おさ》えた。

田代は、判っていた。早川が、女帝・沢野由理の『人事に対する影響力』を突いていることを。

それは、田代にとって、最大の恥部なのであった。触れてほしくない恥部だからこそ、体を震わせて怒っているのだ。已《おの》れを『保護』しようとしての、懸命の怒りだった。

「人事への不満で辞表を書くか、それとも耐えて次の機会を待つか。二つに一つを選びたまえ」

「辞表を書く気はありません。また次の機会を待つ気もありません」

「まだ言うのか！」

田代が、机を迂回《うかい》して早川に詰め寄ろうとした時、早川は田代に背を向けて足早にドアに向かった。

彼は、ドアのノブに手をかけて振り向いた。

「目を醒《さ》まして下さい、社長……社長の経営手腕を、私は高く評価しているのですから」

「うるさい……」

「そうですか。判りました」

早川は、そう言い残して、社長室から出ていった。

ドアが、乾いた音をたてて閉まる。

田代は、机の上にあったクリスタル・ガラスの灰皿を摑《つか》むと、ドアをめがけて投げつけた。

けたたましい音がして、灰皿が真っ二つに割れた。

3

早川は、社長室を出て、二、三歩行ったところで、エレベーターから出てきた、沢野由理に、ばったりと出くわした。

二人は、二、三メートルの距離を隔《へだ》てて立ち止まると、お互いの顔を見つめ合った。

社長室があるフロアーには、専務室、役員会議室、役員応接室があるだけで、ひっそりとしている。

その静けさの中で、二人の目が、熱を放って絡《から》み合《あ》った。

由理は、週に一、二度は、社長室へやってくる。

その都度《つど》、田代は何十万円かの小遣《こづか》いを、会社のカネの中から、由理に手渡していた。

由理の経営する銀座、青山、原宿の三店は、日本レントリーから見れば、重要な得意先であった。

三軒の店だけで、月に七千五百万の売上は堅い。

したがって、由理に手渡される金は、すべて『得意先販売促進助成金』の名目で、経理処理されていた。

三軒の店があげる収益の八割は、由理の取り分となり、残り二割が田代に手渡される。

三店の年商九億円のうち七億二千万円が、由理の手に入る勘定だ。

「私を沈めて、痛快か」

早川は、冷ややかに言って、由理の傍《そば》を通り過ぎようとした。

その腕を、由理が素早く摑んだ。力がこもっていた。

「お願い、今夜会って……」

由理が、小声で言った。

声に哀願するような響きがあった。

早川は、由理の手を振り払って、エレベーターに乗った。

由理が、社長室の方を気にしながら、エレベーターの前に立った。

早川が閉の釦《ボタン》を押した。

由理の囁き声が、閉まるドアで、かき消された。

「早川さ……」

エレベーターが、下り始める。

（薄汚い女め！）

早川は、口の中で、由理をののしった。

実は七年前、自分を裏切って、田代の権力と財力に靡《なび》いていった由理だった。

だがワンマン田代は、早川と由理が、密《ひそ》かな関係にあったことを知らない。

早川は、自分の席へ戻ると、気を鎮めようとした。

田代との衝突で、動揺しているのではなかった。

由理と出会ったことで、心が騒いでいるのだった。

自分を裏切った由理に対して、早川は激しい憎悪《ぞうお》を覚えながらも、心の片隅には未《いま》だ彼女の面影が濃くあった。

その面影を忘れようとして、この七年間、我武者羅《がむしゃら》に仕事に打ち込んできた早川である。

田代に忠誠を尽くしてきたのも、由理への憎悪からくる反動だった。自分では、そう思っている。

田代は、早川と由理との密かな関係を知らずに、彼女の体に手を出したのだ。

したがって、早川は、田代にそれほどの怒りは覚えてはいなかった。

なんとしても許し難《がた》いのは、由理だった。

「村木《むらき》君」

早川は、人事課長の村木修治《しゅうじ》を手招いた。

村木が、笑顔で早川の傍へやってくる。

早川は、昇格者一覧表を、村木人事課長に手渡した。

「社長室に呼ばれたのは、昇進の件でしょう。おめでとうございます、部長」

村木が、言った。

部下たちの視線も、笑みを含んで早川に集中した。

誰もが、早川の取締役への昇進を、当然と信じ込んでいる。

「そんなことはどうでもいい。その表に従って昇進辞令をつくってくれ」

「はあ……」

村木が、早川の不機嫌に気付いて、表に目を通した。

「こ、これは……」

村木の表情が、硬化した。

「早く仕事にかかれッ」

早川が怒鳴《どな》った。

由理への怒りが、全身を駈け走っていた。

村木が、青ざめた顔で、自分の席へ戻った。

「すまん、村木君。言い過ぎた」

早川は、村木の背に力なく声をかけた。

村木が振りかえって、少し苦し気な表情で頷き返した。

部下たちが、ただごとでない上司の気配を感じ、仕事に没頭し始める。

早川は、肘付《ひじつき》回転椅子《いす》の向きを変えて、窓の外へ目をやった。

夕焼け空が、一面に広がっていた。

早川は、部下たちに気付かれぬよう歯ぎしりをした。

夢にまで見た重役の椅子が、流れ去ったのだ。

もともと出世欲の旺盛《おうせい》な早川であるだけに、その悔《くや》しさは、名状《めいじょう》し難い苦痛をともなった。

田代の側近を自認し、社内でも〈切れ者〉の勲章《くんしょう》を手にしてきた早川だった。

その勲章が、ズタズタにされたのだ。

（くそっ……）

早川が、拳《こぶし》で自分の膝《ひざ》を殴りつけた時、終業を告げる**レイモン・ルフェーヴル**演奏の『**パーリー・スペンサーの日々**』が流れ出した。ワンマン田代の好みだった。

彼は、椅子の向きを変えて、部下たちの方へ視線をやった。

村木が、ぼんやりと、昇格者一覧表を眺めている。

いくら眺めても、早川の名前のないことが信じられないのだろう。

「いいんだ、村木君。心配してくれるな」

早川が、感情を抑えた声で言うと、村木が我《われ》を取り戻してか、少しうろたえた。

4

由理は、白金台《しろかねだい》の高級マンションの前でタクシーを降りると、夜空を見上げた。

けだるい体に、夜空の星の輝きが、さわやかにしみ込んでくるような気がした。

体のふしぶしに、まだ田代の執拗《しつよう》な愛撫《あいぶ》の余韻が残っていた。

由理は、銀杏《いちょう》の林に包まれるようにして建っているマンションの中へ入っていった。むろん、オートロックになっている。ダブル・オートロックシステムだ。住人以外は簡単には入れない。

彼女は、エレベーターで、五階へあがった。

赤い絨毯《じゅうたん》を敷きつめた廊下が、L字型にのびている。

時間は、すでに午前零時近い。

薄暗い廊下には、一人の人影もなかった。

由理は静かに歩んで、L字型の廊下の角を折れ、ハッとしたように立ちどまった。

自分の部屋の前に、背の高い男が立っていた。

じっと、こちらを見つめている。

早川三郎であった。予備のキイを、半《なか》ば強引に彼に手渡してある由理だった。繰り返すが、半ば強引にだ。

由理は、ゆっくりと彼に近付いていくと、ドアの鍵穴《かぎあな》に黙って自分のキイを差し込んだ。カチリと微かな音。

早川が先に部屋に入り、由理があとから入ってドアをロックした。

早川は、5LDKのリビングルームに入って窓際に立つと、深夜の大都市を見おろしながら「田代社長の匂《にお》いがする」と言った。

抑揚のない、淀《よど》んだ冷たい声だった。

由理は、自分によって裏切られた男の顔を、まじまじと見つめた。

切れ長な二つの目が、妖《あや》しく潤《うる》んでいる。

「なぜ此処《ここ》へ来たの……私からキイを受け取ってしまったから？」

「キイのことなど、どうでもいい。それよりも私の取締役への昇進を、どうして邪魔したのだ」

「会社の人事になんか、興味ないわ」

「君は、その熟《う》れきった体で、田代社長の意思決定をコントロールしている。君の目的は一体なんなんだ」

「目的なんかないわよ」

「田代社長の女になったあとも、君は私を求めるためにマンションのキイを、私に差し出した。半ば強引になるが、私はそれを事実上、今日という日まで拒否し続けた。だからだろう、私の役員昇進にストップをかけたのは」

「そんなこと言うために、わざわざ此処へ来たの？」

「役員昇格への野望を断ち切られた男の怒りが、どんなものかを教えるために来たのさ」

早川は、いきなり由理の肩を抱き寄せて、激しく唇を重ねた。

由理は、体をくねらせて、早川の腕の中から逃《のが》れようとした。

早川は、由理を押し倒すと、ジョーゼット・スーツの胸元を荒荒しく引き裂いた。

由理は、抵抗するのをやめた。

早川が由理の衣服を、はぎ取っていく。

「それが、あなたの怒り？……単純だこと。男って……」

彼に押さえ込まれながら、由理は、婉然《えんぜん》と笑った。

早川は息荒く、自分も裸になった。

なつかしい由理の肌の感触であった。

（七年前と変わっていない……）

早川は、由理の胸にまるで甘えるかのように頬ずりをした。背中に疼《うず》きを覚えるほど、なつかしかった。この七年の間、忘れたことのない瑞瑞《みずみず》しい由理の肌であった。

由理の豊かな胸に戯《たわむ》れる、ワンマン田代の痴態《ちたい》が目の前にチラついた。

早川は、怒りと欲望を漲らせて、尚あらく由理の全身を愛撫した。

由理は、早川の背に手をまわしはしたが、遠い目つきだった。

早川は、由理の体がまだ充分に熱しないうちに、果ててしまった。

「さあ、言え。君は年商六千九百億円の企業の一体何を狙《ねら》っている」

急に理性を取り戻した早川は、由理の体に己れを埋め込んだまま、ギラついた目を見せた。

由理は「ふん」と鼻先を鳴らすと体を横にひねって早川と離れ、立ちあがった。

「あなたのことは、一度も忘れたことはないわ。今でもよ」

由理は、衣裳《いしょう》ダンスの中からガウンを取り出し、裸の体を包んだ。

早川は全裸のまま、由理の前に立った。由理の体を攻めた己れの物は、既にシワだらけになっていた。が、早川の表情は何故か、自信たっぷりだ。

「俺は出世がしたい。それを邪魔した君が本気で憎い」

いつもは**私**を使う早川が、いきなり**俺**になった。

「じゃあ、思い切って私と組む？」

「なにッ……」

「あなたが凄まじい出世欲を持っていることは、よく知っている私じゃない。あなたのその野心を、私の野心と組ませてみない？」

「やはり君は……」

「早川さん。どうせ野心を持つなら、日本レントリーのトップに立つ野望を持つべきよ。田代社長の持株数は、発行済総株数六千万株の十三パーセント、七百八十万株よ」

「私に株を買い占めろというのか……そんな金は無い」

「お金ならあるわ。総務部長のあなたは、証券筋に顔が広いのでしょう」

由理は、部屋の隅の目立たない場所に置いてある、小型金庫のダイアルをまわした。

「この七年間に蓄《たくわ》えたお金よ」

由理は、応接テーブルの上に、十数枚の定期預金証書を置いた。

早川は、それを手にとり、キラッと目を光らせた。

全部で八億四千万円もあるではないか。

「ほう、それにしても貯めたなあ」

「女には女のカンと言うものがあるのよ。お金を吸い取って貯めていくためのカンと言うものが」

「ふん、どうせワンマン田代から甘い言葉で手に入れた金だろう。田代は田代で会社から、うまく誤魔化してな。が、まあ、それはいいとしてだ。で、どうする?」

「日本レントリーの市場株価は、今、二百八十円で落ち着いているでしょう。そのお金で三百万株は買えるわ」

「三百万株では、田代社長の七百八十万株には太刀打《たちう》ち出来ない。勝負にならん」

「この一等地の豪華マンションを担保に、銀行からお金を借りるわよ」

「このマンション？……」

「元は田代名義のマンションよ。でも田代の女になったら、五年目で名義を共有にしてやる、と彼は約束したの」

「では、今は二人の名義になっているのか」

「ええ、そう……この超高級マンションと私の銀座、青山、原宿の店を担保にすれば、少なくとも二十五億は借りられると思うの」

「共有名義の建物《マンション》を担保に金を借りるなら、田代の印鑑がいる」

「大丈夫、田代の印鑑は金庫に入っているの。田代は、今では本妻以上に私を信じているわ」

由理がそう言った時、早川の右手が、矢庭に由理の頬を打っていた。

由理が、悲鳴をあげて転倒した。

早川は、狂った獣《けもの》のような目つきで、由理を睨《にら》みつけた。どうしても、由理を殴らずにはおれなかったのだ。これほど迄に腐った女であったのかと。しかし、直ぐさま強い後悔の念が頭を持ち上げてきた。

由理が唇の端から、血を滲《にじ》ませて立ちあがった。彼女には、殴った早川の気持が、判っていた。だから、腹が立たなかった。むしろ、寒寒とした気持に見舞われていた。

彼女は、穏《おだ》やかな調子で言った。

「痛かったわ……」

「すまん。謝る」

「いいの……」

「もう一度言う。すまん」

「それよりも……買い占めによる株価の値上がりを予想して、一株四百円とみれば、二十五億円で、約六百万強の株が買えるわ。合わせて九百万株強になるのよ。あとは、私が経営する店の収益を順次投資していけばいいのよ」

「君という奴《やつ》は……怖くなってきたよ」

「やるの、やらないの？　店の経常利益は年に一億円前後あるわ。計画的に投資すれば、そう遠くないうちに田代を押さえ込めてよ。株の隠れ名義にする幽霊会社《ペーパーカンパニー》をつくり、信頼出来る相場師か証券筋を摑んで、すぐにでも買い占めを始めてほしいの、あなたの得意分野でしょ」

「判った……君を代表取締役とする幽霊会社はすぐにつくる。ただし、田代を押さえる大株主になったら、必ず私を社長に据《す》えろよ」

「約束するわ。あなたが社長、私が筆頭大株主兼副社長、それでどう？」

「いいだろう」

早川は顔を歪めて頷くと、身嗜《みだしな》みを整え由理に背を向けて足早に部屋を出た。

彼は、マンションの玄関を出ると、銀杏の巨木の陰に立って、由理の部屋を見上げた。

窓に引かれたカーテンに、彼女の影が映っていた。

(話がうますぎる……)

早川は、煙草《たばこ》に火をつけて、由理の部屋を見続けた。

総会屋や企業ゴロなど、したたかな連中を相手にしてきた早川である。

相手の話に『暗い影』があるかないかは、本能的に嗅《か》ぎ分《わ》ける鍛練が出来ていた。

由理の影が、カーテンから消えた。

早川は、短くなった煙草を足元に捨てて踏《ふ》み潰《つぶ》すと、マンションから離れた。

少し行ったところで振りかえると、由理の影が、再び窓のカーテンに映っていた。どこかに電話を入れているらしく、影の右手が受話器を持っている。

（まさか社長のところでは……）

早川は、傍の公園にあった公衆電話ボックスに、落ち着いた歩き方で近付くと、冷ややかな目で、カーテンに映っている女の影を見つめた。

彼は、由理が田代から頼まれ、自分の忠誠心を試したのではないか、と疑った。

早川は、公衆電話の受話器を取りあげると、田代邸のダイアルをまわした。

数度の着信音のあと、田代が直接、電話口に出た。

早川は、静かに受話器を置くと、公衆電話ボックスを出た。

由理は、まだ電話をしている。

早川は、戦慄《せんりつ》した。由理の話し相手は一体誰なのだ、と。

5

日本レントリーの専務、明石《あかし》正信《まさのぶ》は、手を後ろに組んで、ゆっくりと社内を見てまわった。

彼は一日に一度は、社内を見てまわる習慣になっている。

日本レントリーの大番頭《おおばんとう》である明石は、今年で五十六歳になる白面《はくめん》の好紳士であった。

銀髪の美しい長身の彼は、穏やかな人格者として、社内外での評判がよかった。

田代の信頼も厚い。

顔立ちも、円満な人格を反映して、端整で美しく、英国紳士の風貌《ふうぼう》があった。

彼は、田代が日本レントリーを創設した時からおり、総務、経理、監査などの管理部門を管掌《かんしょう》している。

明石の足が、総務部の前で立ちどまった。

その目が、静かな光をたたえて、早川を捉《とら》えた。

早川は、やや俯《うつむ》き加減で、何処《どこ》かへ電話を入れている。

声が周囲に漏《も》れないよう、送話器を左手で囲い、声をひそめて真剣な顔で話している。

その様子が、誰かに極秘の指令を流しているようだった。

そんな早川を見つめる明石専務の口元に、うっすらとした微笑が漂った。

「彼は、どこと話をしているのかね」

専務は、近くの女子社員に、さり気《げ》なく訊《たず》ねた。

「さあ、さきほど株がどうの、という話し声がチラッと聞こえましたけれど……」

「そうか、ありがとう」

明石は、踵《きびす》を返して、ゆっくりと歩き出した。

総務部には、人事課、総務課、株式課、広報課、特殊対策課の五課があった。特殊対策課は**企業ゴロ**を担当する。

したがって、総務部長の早川が、電話で株の話のやりとりをしても、少しも不思議ではない。

明石は、専務室の自分の席に座ると、腕組をして、じっと天井を見つめた。

その口元に、さきほどと同じような、うっすらとした笑《え》みが浮かんでいる。

「株か……」

明石は、呟くと、机の上にのっている小さな額縁《がくぶち》を、指の先でパシッとはねた。

額縁が、後ろに倒れた。

明石は、それを元に戻して、また指先ではねた。

額縁には、ワンマン田代の顔写真が入っていた。

日本レントリーでは、部長以上の役職者全員に対して、田代の顔写真入りの額縁が配られている。

『社長を敬《うやま》い、社長を畏《おそ》れて仕事に励め』

という、田代の方針の表われであった。

明石は手を伸ばして、受話器を取りあげると、ダイアルをまわした。

はなやかな女の声が、明石の耳元で響いた。

「私だ。調子はどうかね」

「順調だわ」

「なるべく急がせた方がいい。一気にな」

「彼、熱心にやってるみたい？」

「そのようだ」

「早くあなたの天下になるといいわね」

「本気で言っているのか」

「本気よ。あなたの銀髪も、彫りの深いマスクも、すべてがトップに立つ者の風格だわ」

「ありがとう。お世辞でも、そう言われると嬉《うれ》しい」

「あなたがトップに立った時の、政策第一弾は？」

「判ってるよ。パリ、ローマ、ロンドン、ニューヨークへの店舗展開だろう」

「忘れたら、ひどいわよ。ほほほッ……」

「今夜の都合《つごう》は？」

「お会いしたいわ、いつものホテルで」

「じゃあ、いつものホテルで」

「待って。場所を変えたいの。大東京《だいとうきょう》ホテルにして下さらない？」

「どうした？」

「気のせいかもしれないけど、このところ、誰かにじっと見張られているような気がして」

「緊迫感のある目的を持つ者は、どうしてもそうした気分に陥《おちい》りやすい。あまり神経質になりすぎない方がいいね。かえって、表情に不自然さが表われるから」

「それもそうね……」

「では大東京ホテルのロビーで」

明石が、そう言って電話を切った時、ドアがノックされて、早川が入ってきた。

明石は、信頼する部下を見る時の、優しい目で早川を見つめながら、椅子から立ちあがった。

「専務、冬期賞与の支給計画書が出来あがりましたので、目を通していただけますか」

「うむ……ま、かけないか、早川君」

明石は、早川から書類を受け取りながら、応接ソファを勧《すす》めた。

二人は、センター・テーブルをはさんで向き合った。

明石が、しんみりと、口を開いた。

「早川君。来期は必ず君の力になる。今期は私の力不足で、君の役員昇進を強く推《お》しきれなかったが」

「いいんですよ、専務。管理部門は専務の管掌ですが、総務部長の私は、事実上、社長直属のようなかたちになっていますからね。専務に責任はありません。私の人事を押さえた者の見当は大体ついています」

「女帝……かね」

「たぶん」

「社長にも困ったものだ」

明石は、深い溜息をついて、苦悩の表情を見せた。

「社長は、生涯、彼女を手離しませんよ。心底から惚《ほ》れ込《こ》んでいます」

「生涯……か」

明石は、そう呟いて、目を閉じた。彫りの深い端整な顔を包む頬の筋肉が、ヒクヒクと痙攣《けいれん》している。

そんな明石を見つめる早川の目が、暗い湿った光を放って揺《ゆ》らいだ。

6

ワンマン田代は、窓から差し込む西陽《にしび》に背を向けて、有力業界紙に目を通していた。

彼の機嫌は、すこぶるよかった。

田代の顔写真が、業界紙に大きく載っていたのだ。

その写真の下に『女性心理を掴んで日本レントリー独走』の記事があった。

記事は、大手ファッションメーカーの、今期決算を予測し、日本レントリーの群を抜く強さを強調していた。

その時、ノックもなしに、ドアが開いた。

「ノックをせんかッ」

そう怒鳴ろうとして、田代は思わず口をつぐんだ。

入ってきたのが、由理だったからである。

由理の背後には、明石の姿もあった。

田代は、その妙な組み合わせに、怪訝《けげん》そうな顔つきをした。

「その席を、お立ちになって」

由理が言った。傲然《ごうぜん》たる態度である。

彼女の背後にいる明石が、冷ややかな目で田代を睨みつけた。

明石の表情から、日頃《ひごろ》の穏やかな雰囲気が、すっかり消えている。

「席を立て？　それはどういう意味だ」

田代は、由理よりも明石の方に視線を向けて、語調を荒《あら》らげた。

「明日付で、あなたには代表権のない会長に、下《さ》がって頂きます」

明石が、事務的な乾いた口調で言った。

「なんだと……一体どういうことだ、由理」

田代が、いきりたって椅子から立ちあがった。顳顬《こめかみ》の血管が、膨《ふく》れあがっていた。

「日本レントリーの株を買い占めて、あなたの上に立つ筆頭大株主になったのよ。今後は、明石専務が社長、私が副社長で日本レントリーを経営していくわ」

「株を買い占め？……そ、その資金はどうした」

田代は、全身を激しく震わせて、二人に詰め寄った。目は血走り、唇は紫色であった。

「資金の出所をあなたに明かす必要などないわ。私が資金の出所を明かすということは、あなたが会社のお金を横領したことを証明することになるのよ。あなたが私に貢《みつ》いだお金は、すべて会社のお金でしょ」

「き、貴様たちは、通じ合っていたのか」

田代は、由理の体を突き飛ばすと、明石の胸倉《むなぐら》を摑んだ。

その手を、明石が冷淡に打ち払った。

「田代社長、いや、田代さん。私は今日まで自分を殺して、あなたに仕《つか》えてきた。私は権限も意思も与えられない人形同然だった。あなたは、会社を創設した当時から、不正な搾取《さくしゅ》を続けてきた。そのくせ、私に対しては針の先ほどの誤りも許さなかった。今日までの毎日が、どれほど苦痛であったか、あなたには想像もつきますまい」

「卑劣な。そんな泣きごとを正当化して、私を裏切ったのか」

「泣きごとではありません、怨念《おんねん》です。人形になって耐《た》えてきた私の、怨念ですよ」

「ほざくな！」

激昂《げきこう》した田代が、明石に殴りかかろうとした。その手を、由理が素早く押さえた。

「私が嫌悪を感じるのは、あなたのその粗雑さよ。女性向けのファッションメーカーにあってはならない醜《みにく》い粗雑さが、あなたにはあるのよ。この七年間、私は、その醜い粗雑さに耐えてきたわ。私があなたを心底から尊敬し、愛していたとでも思っていたの」

「く、くそッ」

田代は、机の上の受話器を手にとると、震える指先で、総務部長席のダイアルをまわした。

「早川君、すぐに社長室へ来てくれ」

田代が、甲高《かんだか》い声で言って、電話を切ると、由理と明石が鼻の先でフンとせせら笑った。

「由理を代表取締役とする幽霊会社をつくり、その会社名義で日本レントリーの株を買い占めたのは、早川君ですよ」

明石は、そう言うと、ははは ッと肩を揺すって笑いながら、豪華な社長の椅子へ、深深と体を沈めた。

「早川が株を……」

田代の体が、衝撃を受けて、グラリとよろめいた。

紅潮していた顔が、みるみる青ざめていく。

田代は、ようやく自分が、強固な敵に取り囲まれて、孤立していることを悟った。

田代の体の震えは、激しくなるばかりであった。呼吸が乱れ、額《ひたい》からも首すじからも、滝のような脂汗《あぶらあせ》を噴《ふ》き出している。

そこへ、早川が入ってきた。

「貴様という奴は……」

田代は、よろめきながら、早川に駈《か》け寄《よ》ると、拳を振りあげた。

その拳を、早川が、がっちりと捉えて「何事です？」と、明石と由理の顔を見くらべた。

薄気味悪いほど、物静かな口ぶりであった。

「何事ですも糞《くそ》もあるか。君は私を裏切り、由理に加担して、わが社の株を買い占めたのか」

「ええ、致しました」

「それが、大恩ある社長に向かって、することか。君は人の道というものを知らんのか」

「馬鹿《ばか》な女に狂い、その馬鹿女の意見で会社を牛耳《ぎゆうじ》ることが、どれほど危険かということを、社長に判って貰《もら》うためにしたことです」

早川のその言葉で、由理が憤然となった。

明石が、社長席から立ちあがって、早川に近付いた。

端整な顔が、眦《まなじり》を、吊《つ》りあげていた。

「早川君……」

明石が口元を歪めて、何事かを言おうとした時、早川の痛烈なパンチが、明石の顎に炸裂《さくれつ》した。

明石が、もんどり打って、横転する。

「明石専務、あなたが由理と組んでいたことは、先刻承知ですよ。週に何度か、馬鹿女とホテルで密会していたこともです」

早川は、そう言うと、ぶるぶると震えている田代を促《うなが》して、社長席へ座らせた。

由理が顔色を変えて、背後から早川の肩を摑んだ。

「早川さん、そこは明石専務の席よ。あなたは明日から、もう出社しなくて結構だわ」

「ふざけるな」

に倒れた。

由理の左右の頬が、パンパンと鳴り、立ちあがりかけた明石の上に、のけぞるよう
スカートがめくれ、白い脚が見える。

「早川君、す、すまない。目が醒めた」

田代が、はらはらと涙をこぼしながら、絞り出すような声で言った。

「判ってくれましたか、由理の本性を」

早川が、諭《さと》すように言うと、田代は幾度も頷いて「だが、もう遅い……」と呻《うめ》いた。

早川は、支え合うようにして立ちあがった明石と由理をチラリと流し見て、ゆっくりとドアに向かって歩き出した。

無表情である。

日本レントリーが、重大な局面を迎えているというのに、彼の双眸《そうぼう》は、冷ややかに醒めていた。

早川は、ドアのノブに手をかけて田代の方を振りかえった。

「私がつくった幽霊会社は、今朝、裁判所に対して破産宣告の手続きをとりました。幽霊会社に対する債権者は、社長お一人になるよう、当初から手を打ってありまし

た。したがって幽霊会社名義の株券は、社長がそっくり押さえたかたちにしてありま
す。今頃は破産管財人が、法的に有効な動きをとってくれているはずです……私の企
業ゴロ排撃能力を、どうかご信頼なさるように」

早川は、淡淡とした調子で言い終えると、社長室から出ていった。
由理と明石は、予期せぬ早川の言葉に茫然《ぼうぜん》となった。
田代の顔に、たちまち喜色《きしょく》が漲った。
無理もない。
裏切ったとばかり思っていた早川が、あざやかな逆転策を図《はか》っていたのだ。
早川はこの策を成立させるために、当初から用意周到で緻密《ちみつ》な態勢を、敷いていた
のだ。

破産宣告――債権者から、この申し立てを受けた裁判所は、破産管財人を選任し
て、破産会社の財産を強制的に管理・売却し、債権者に還元することになっている。

「は、はかられた……」
明石が下唇を噛《か》みしめて、床の上にがっくりと両膝を折った。
田代は、秘書課長席に通じている、インターホンの釦《ボタン》を押した。
秘書課長の答が返ってきた。

田代が、弾《はず》んだ声で言った。

「明日、緊急取締役会をする。議題は、専務取締役の退任及び取締役副社長への一名抜擢《ばってき》だ。午前九時になったら、全役員を招集したまえ」

銭《ぜに》の蝶《ちょう》

1

大東電機《だいとうでんき》の専務、村野平造《むらのへいぞう》の手が、さり気《げ》なく背中からまわって、井上亜紀《いのうえあき》の肩をスルリと撫《な》でた。少しツメを立てた撫で方だ。

亜紀は背に寒気を覚えながら、それでも平気な顔を装って、ブランデーをひと口呑《の》むと、目がすわり出した村野専務の横顔をチラリと流し見た。

酔うと、村野はきまって、亜紀の体のあちらこちらに、幼子のように触れたがる。

それも、いささかの照れ臭さを、見せながらだ。

亜紀は、美しい銀髪を持つ村野の英国紳士風な雰囲気が、嫌いではなかった。

日本最大の電機メーカーの専務で経済産業同友会《けいざいさんぎょうどうゆうかい》副幹事という地位も、亜紀の目には眩《まぶ》しかった。

亜紀は、銀座《ぎんざ》の一流クラブ『ラムール』の売れっ子ホステスである。

「今夜、いいだろう？」

村野が、優しい声で囁《ささや》いた。

この言葉を、亜紀は今日まで何回となく、聞かされてきた。

その都度《つど》、じらすようにはぐらかしてきた亜紀である。

(そろそろ釣りどきかな)

亜紀は頭の中で素早く計算した。一流クラブで知られた『ラムール』のホステスは、**客の釣りどき**、を得意としている。

「な、いいだろう」

亜紀の体のあちらこちらに触れた村野の手が、またしてもツメを立てた。

「専務さんと付き合うと、いいことあるかしら」

ツメで背中に**線**を引かれながら亜紀は、いたずらっぽく笑った。

「いいこと? むろん、あるともさ。何がいい、指輪か、それとも服か」

村野が、亜紀の顔を覗《のぞ》き込《こ》むようにして訊《たず》ねた。

計算していた通りの返事が返ってきたから、亜紀は胸の内で、ほくそ笑《え》んだ。

「私、真面目に貯金してるのよ。コツコツと」

「コツコツと貯金?……そうか判った、お小遣いが欲しいのだな。ようし判った、判った」

「嬉《うれ》しい」

「ところで、君は昼間、どこかで勤めているの?」

「いいえ、家でゴロゴロしています。会社勤めは、私の性格に合いませんから」

「誰《だれ》かと同棲《どうせい》でも、しているんじゃあないだろうな」

「誓って、一人ですよ。だってコツコツと貯金しているくらいだから」

亜紀は、村野がツメを納めたから、その腕にもたれかかった。

村野が思わず目を細める。彼は彼なりに、ブランデーがまわり出した脳味噌で、**釣りどき**を狙っているのだろう。

亜紀がこの道に入って、すでに三年が経《た》っていた。

生活のためではない。

生来的に派手《はで》な性格を満たすために、金が要《い》るのだった。そんな自分の性格を、確《しっか》りと理解している亜紀だった。

亜紀は自分を『金に目のくらんだ虚飾家』と、割り切って眺めていた。

実は彼女は、極洋電機《きょくようでんき》の秘書室にフルタイムで勤務し、定められた給与を手にしているオフィス・レディである。

著名な私立女子大の英文科を優秀な成績で出た彼女の仕事ぶりは、役員たちの間でも評判がよかった。

『ラムール』では、月に七十万を軽く稼いでいる。

それでも極洋電機を辞める気はなかった。

昼の勤めも夜の勤めも、彼女には楽しかった。極洋電機の秘書室員という肩書も、彼女の虚栄心を満足させていた。睡眠時間が少ないことなど、全く苦にならない。貯蓄額が着実に増えていっているから。

極洋電機は、日本で五指に入る電機メーカーである。

年商一兆五千億を誇る大東電機にくらべると、六千億円もの年商差があったが、精密電子機器の技術力では定評があった。

とくに新型ミサイルの分野で、両社は激しく競《せ》り合っている。

だが亜紀にとって、大東と極洋の競争関係などは、どうでもよかった。

『夜の亜紀』は、金を追い求めるホステスになりきっている。

美しく妖《あや》しい、虚飾の蝶《ちょう》だ。金喰蝶《かねくいちょう》である。

店がひけたあと、村野と亜紀は、創業百年を誇る銀座六丁目の『寿司幸《すしこう》』で軽く食事をした。

ラムールを出た村野は、一変して無口になった。

かといって、亜紀を誘ったことを後悔している様子でもない。

(何か考えごとをしているな)

亜紀はビールを呑みながら、宙の一点に視線を止めている村野の横顔をチラチラと眺めた。

ラムールでは、かなり酔いを見せていたのに、『寿司幸』に入った村野は酔いが醒《さ》めたかのようにシャンとしていた。

「考えごと？」

亜紀が、そっと訊ねると、村野は我《われ》を取り戻して「いや……」と、苦笑を見せた。

亜紀はこのとき、財界人・村野平造に、重苦しい距離を感じた。これ迄に感じたことのない距離をだ。

（村野さんのような財界人から見た私など、どうあがいても、ただの銀座の蝶……）

そう思うと、ひとつ村野を本気で征服してやろうかしらん、という気持が、込みあがってきた。

寿司幸を出ると、村野は亜紀を名の知られたホテルへ誘った。

彼は前もって部屋を予約し、キイも受け取っていた。このような事を、前もって計算高く緻密《ちみつ》に出来る村野ではあった。

亜紀は、名の知られたホテルへ誘われたことで、虚栄心を満足させた。

（これほどのホテルだと、村野さんは顔見知りの財界人と出会うのではないかしら）

亜紀はそう心配したが、村野は悠然《ゆうぜん》としていた。その男ぶりな態度が、ぐっと亜紀を捉《とら》えていた。亜紀は亜紀で、全く多感だ。

部屋へ入ると、村野は亜紀の肩を抱き寄せて唇《くちびる》を重ねた。

荒荒しさはなかった。妙にやさしかった。これも計算して?……。

だから亜紀は、ふと父親を思い出した。

相互銀行の筆頭専務だった彼女の父親は、二年前に肺癌《はいがん》で亡くなっている。

村野の手が、シャネルのスーツの上から、彼女の豊かな胸をまさぐった。

「お風呂《ふろ》は?」

亜紀は、村野の唇と手から逃《のが》れて訊ねた。

「風呂など後でいい」

「私はシャワーを浴びたいわ」

「せっかくのいいムードを壊してくれるな」

亜紀は、観念したように目を閉じた。

村野が、シャネルのスーツをはぎ取っていく。

亜紀の脳裏《のうり》に、色色な著名会社の社長の顔が浮かんだ。

どの社長とも、二、三回の情事で終わっている。

特定の男に溺《おぼ》れ込まないことを、信条としている亜紀であった。深まれば危険があるかも知れないから、と。

亜紀の艶《つや》やかな白い肌に頰《ほお》ずりをして、村野の呼吸が荒くなった。

「綺麗《きれい》だ。まるでヴィーナスだ」

村野は、亜紀の耳元で囁いた。平凡な言葉だこと、と亜紀は胸の内でひとり笑った。

「ねえ、専務さん……」

亜紀は、わざとらしく身をよじらせて呟《つぶや》いた。

鼻声になっている。

「なんだ？」

「私、欲しい物があるの」

「またムードを壊すのか」

「こんな時、よしよし判った、と言うものよ。我が娘に対するように」

「よしよし……判ったよ、判った」

村野はいたわるように言って、亜紀の豊満な乳房に手を這《は》わせた。

彼の表情は既に、恍惚《こうこつ》となっている。

著名な会社の幾人ものトップの表情と全く同じね、と思いつつ高ぶる演技へと入っていく亜紀だった。標的に狙いを定めて、女豹《めひょう》のように舌嘗《したなめず》りしている自分の妖しい姿が、彼女にはよく見えていた。

亜紀は突然、激しくすすり泣いて見せた。これまでにも幾人もの実業家に対して見せてきた、迫真の演技だった。

頭を振って、イヤイヤをしている。恍惚の領域へと踏み入ったような表情で。そう、女豹の表情になり切っていた。

「専務さん、専務さん……」

亜紀は、すすり泣きながら、思い切り村野を抱きしめた。愛している、と言わんばかりに。

村野の表情が「おおー」と、歓喜一色になる。

亜紀の脚《あし》が開いて、なんと村野の首に絡《から》みつく。

「ああ……うむ……」

村野は歓喜を破裂させると、亜紀の肩に嚙みつくや、いきなり鼻血《はなぢ》を噴き出した。

これには亜紀よりも村野が慌ててしまい、「紙……紙……」と騒ぎながら、己れの指二本を鼻の穴に突っ込んだ。

2

村野は、静かな寝息をたてて、よく眠っていた。穏やかな寝顔である。

バスルームから出た亜紀は、ベッドに滑り込もうとして、ふと窓際のセンターテーブルの上を見た。

テーブルの上には、村野の黒革のカバンがのっていた。

(この人のカバンの中って、何が入っているのかしら)

亜紀は、軽い気持でカバンをあけてみた。

中から、週刊誌ほどの厚さに綴《つづ》られた書類が出てきた。

亜紀は、音をたてないように注意しながら、テーブルの上に書類を広げた。

(これは!)

亜紀の表情が、サッとこわ張った。

その書類は、大東電機が開発を進めている、滑空可変型超音速《かつくうかへん》長射程《ちょうしゃてい》ミサイルの頭脳部分に当たる『標的捕捉《ほそく》追跡システム』の、設計図であった。超極秘書類だ。

設計図の説明はすべて英語であったが、英文科を優秀な成績で出た亜紀は、難解な軍事専門用語を除いては、ほとんどを読みこなせた。
亜紀の胸中に、極洋電機の秘書室員としての意識が、むらむらと甦《よみがえ》った。
亜紀は、ベッドの枕元《まくらもと》に置いてある腕時計を見た。
午前零時を少し過ぎている。
亜紀は、シャネルスーツを着ると、そっと部屋を抜け出し、一階のフロントへ行った。
当直のフロントマンが、カウンターの向こうで書類を片付けていた。
「あのう、大事な書類を急いでコピーしたいのですが」
亜紀は、穏やかな美しい微笑を見せて言った。声も澄んでいた。
「あ、はい。いいですよ。そこから事務室の中へお入り下さい」
フロントマンが、カウンター脇《わき》のドアを笑顔で指さした。
亜紀の心臓が躍《おど》った。

翌朝、亜紀は会社に出社すると、自分の引き出しにしまってある職務権限規定を取り出した。
この規定には、極洋電機の課長以上の職務権限の範囲が、詳細に定められている。

この権限の範囲で、管理職は意思決定を下したり、会社の金を動かしたりするのであった。

亜紀は、常務取締役技術本部長の決裁権限の中で、金銭に関する権限を調べた。

「二千万円……」

亜紀は腹の中で、ほくそ笑んだ。

彼女はキリッとした秘書室員の表情を拵《こしら》えて、技術本部長の部屋を訪ねた。

「お、どうしたね、社長がお呼びか？」

極洋電機の出世頭《しゅっせがしら》と言われている、江坂正行《えさかまさゆき》常務が、亜紀の豊かな胸にチラリと視線を走らせて訊ねた。

江坂は、まだ五十歳になっていない。

「いいえ、社長は、まだお見えではありません。今日は江坂常務に秘密のお話があって……」

「秘密の話？……これは穏やかじゃないね」

江坂の目が一瞬、好色そうな輝きを見せた。

仕事は抜群に出来るが、女遊びの面で、とかく噂《うわさ》の絶えない江坂である。

「で、話というのは？」

「率直にお訊ねしますけれど、わが社の新型ミサイルの開発は順調に進んでいるのですか」

「なにッ」

江坂の表情が、険しくなった。

ミサイルの開発は、会社でも秘中の秘として扱われている。

そのプロジェクトについて、一介の秘書室員が真面目《まじめ》な顔つきで、しかもいきなり質問したのだ。

表情を硬くした江坂が、警戒の目を、亜紀に向けた。

「君は、なぜわが社のミサイル開発に興味を持つんだ」

「お役に立ちたいからです」

「お役に？……君がかね」

江坂は、鼻先で笑った。

「常務、大東電機が開発中の滑空可変型超音速長射程ミサイルの設計図を欲しくはありませんか。それも標的捕捉追跡システムを内蔵させた、ミサイル弾頭部の設計図です」

「なんだって」

江坂の顔色が変わった。眦《まなじり》が吊《つ》り上がっている。

「言葉を飾らずに申し上げます。二千万円をお出し下さい。そうすれば必ず手に入れますから」

「何を夢のようなことを言っとるんだ。大東電機の標的補捉追跡システムは、国際的に見ても軍事技術の最先端を行くものだ。それが易易《やすやす》と手に入る訳がないだろう」

「ご信用下さらないなら、結構ですわ。せっかく専務昇進へのチャンスを差しあげようと思いましたのに」

亜紀は一礼すると、江坂に背を向けた。

「ま、待て。もう少し話を具体的に判り易く言いたまえ。君は一体、その設計図を何《ど》処《こ》から手に入れると言うんだ」

「今、それは申しあげられません」

「この私に向かって……本気で言っているのだろうな」

「はい、本気です」

「真剣だな」

「真剣です……誰にも言っていない事を、江坂常務お一人に申し上げています」

「誓ってか」

「誓ってです」

「う、うむ……」

「常務、ご決断下さい」

「ニセの設計図ではなかろうな」

「ニセかどうか、常務がご覧になれば、一目で判ることですわ」

「先に二千万円がいるのか」

「ええ先にいります……絶対に」

「君を百パーセント信用せよという訳だな」

「私が二千万円を欲しい訳ではありません。役員の皆さんは、私の父が相互銀行の筆頭専務だったことをご存知《ぞんじ》のはずです。私も私の家族も、お金に困っている訳ではありません。相互銀行の筆頭専務まで行った父を持つ家庭の名誉を、詐欺《さぎ》行為で汚《けが》すようなことは致しません」

「説得力があるなあ。よし、判った。とにかく話をもう少し詳しく聞かせてくれ。心配するな。私の権限で、二千万円の金は用意できる」

「きっと、ご昇進に役立つと思います」

「私は、昇進になど関心ないよ。常務取締役技術本部長として、君が言った夢のよう

た」

「でも、男にとって、出世は大切だと思います。私の亡き父も、出世には貪欲《どんよく》でした」

「君と、出世論争をするつもりは、ないのだがね」

「失礼いたしました。すみません」

「で、金はいつ？……君の話に納得したからと言って、直ぐさま出金と言う訳にはいかない。なにしろ二千万円だからね」

「私の話に納得下さったあと、日を変え、ある場所で会って下さい。出金は、それ以降で構いません。但し振込《ふりこみ》で……」

亜紀はそう言うと、スカートのポケットから手帳を取り出して開いた。

手帳には、社長から平取締役までの対外的な活動日程が、びっしりと書き込まれている。

手帳を見る亜紀の目は、光っていた。

来週の金曜日の午後二時から、防衛省でミサイルの技術検討会があることになっている。

出席者は、江坂常務と技術本部の管理職数人である。

（防衛省との打ち合わせである以上、わが社のミサイルの設計図を持っていくはずだわ）

亜紀は、更に一儲《ひともう》け出来るかもしれない、と計算した。

「来週の金曜日の午後六時、**新宿《しんじゅく》プラザホテル**のスイートルームでいかがでしょうか」

「待てよ。来週の金曜日は防衛省との会議がある。約束の時間に行けるかどうか」

「いらっしゃるまで、テレビでも見てお待ちしますから」

「スイートルームで、しかも男と女が一対一で会うつもりなのかね」

「ええ。その方が、人目につきませんもの」

「もっと名の知られていないホテルにしたら？」

「いいえ。新宿プラザホテルなら、ホテルスタッフは洗練されています。何かと安心出来ますから」

「判った。いいだろう。金は振込ではなくその時に持っていこう。振込は、会社の口座から君の口座へと、金の動きの痕跡がはっきりと残ってまずい。とにかく私に任せてくれ。ただし君に二千万円を手渡すことは、絶対に秘密だぞ。いいな」

江坂は硬い表情で言ったあと、再び好色そうな目つきに戻った。

3

江坂は、スイートルームのドアをノックした。

亜紀との約束の時間より、一時間半も遅れていた。

亜紀が、部屋の中から、そっとドアをあけた。

「ほう……」

部屋に入って、江坂の顔が思わずほころんだ。

部屋の中には、オードブルと赤ワインが調っていた。銘柄は『シャトー・ル・パン』。フランス・ボルドーで最も高級な赤ワインだ。別名、シンデレラワイン。

亜紀が、妖しく微笑《ほほえ》んで言った。

「ちょっと無理しちゃいました。いいでしょ」

今日の亜紀は、まるで江坂を挑発するかのように、薄いセーターを着ていた。

豊満な胸が、セーターの下で、もりあがっている。

ブラジャーをしていないのか、乳房の輪郭があまりにも鮮烈であった。

江坂は背広の内ポケットから、一通の封筒を取り出し、ソファに腰を下ろした亜紀へ手渡した。

亜紀は、封筒の中身を確認した。物静かな態度だった。

額面二千万円の小切手が入っていた。

彼女は、小切手としての要件をチェックしたが、不備がなかったから、小切手《それ》をショルダーバッグの中へしまった。

「図面は?」

江坂が、ソファに腰をおろしながら訊ねた。

「お別れする時に間違いなく、お渡し致します」

亜紀は、二つのグラスにワインを注《つ》ぎながら、落ち着いた口調で言った。

二人はお互い、顔を見合わせて、グラスを傾けた。

「やはり図面を先にいただこう。どうしても気になる」

江坂がグラスを口許へ近付けて止め、真顔で言った。言葉に、少し淀みがあった。

亜紀は、苦笑しながら、脇に置いてあるショルダーバッグの中からコピーした図面を取り出した。

江坂は、グラスを持たない左手で、それをひったくった。

血相が変わっていた。

グラスをテーブルへ戻した江坂は、震える手で図面を広げた。彼にとっては、今やそれほど重要なものなのだ。

「間違いない。確かに新型ミサイルの、標的捕捉追跡システムだ」

江坂は呻《うめ》いた。

「それにしても、こんな凄《すご》い書類《もの》を、君はどうして……」

「愛社精神と思って下さい。極洋は、ミサイル開発で大東に一歩遅れをとっているでしょう。女子社員といえども意地はありますもの」

「大東の技術部門に、恋人でもいるのか」

「ええ、まあ……」

亜紀は、曖昧《あいまい》に笑った。

「さ、呑んで下さい。もう、ご安心なさいましたでしょう」

亜紀は、江坂のグラスにワインをかたちだけ注ぎ足した。

図面を手にした江坂の目つきは、興奮していた。鼻孔もふくらんでいる。

彼は、たて続けにワインを食道に流し込んだ。作法を忘れた荒荒しい呑み方だ。なにしろシンデレラワインである。たとえようもない旨《うま》さが、彼を煽《あお》っていた。

「う、うむ、おいしい……で、君は、その大東の技術者と、結婚でもするのかね」

「将来のことは、判りません」

「そうか、割り切った交際なんだな」

江坂の目が、亜紀の体を舐めまわすように眺めた。ようやく〝男の目〟となった、江坂であった。

(来たな)と、亜紀は思った。

江坂が、テーブルの上にグラスを置いた。

「井上君……」

江坂が、ソファから腰をあげた。声が喉仏《のどぼとけ》のあたりに、引っ掛かって上擦《うわず》っている。

亜紀は、ベッドの方へ逃げた。どこか、わざとらしい逃げ方だ。

江坂が迫った。

「やめて下さい、常務」

亜紀は、ベッドの脇《わき》にうずくまった。絶妙の、演技であった。昨夜《ゆうべ》、念入りに考えて考えて組立てた演技だった。

江坂は、亜紀の豊かな体を軽軽と抱きあげると、ベッドに横たえた。

「やめて……」

亜紀は、両手で顔を覆《おお》った。恐れと恥じらいが、全身にあった。むろん、そのように見せた。

「心配しなくていい。な、心配しなくていいぞ。何も怖いことなどない」

聞いて亜紀は、噴《ふ》き出《だ》したくなるのを懸命《けんめい》に堪《こら》えた。

江坂はワインがまわった赤ら顔で言い言い、喉仏をゴクリと上下させ、亜紀のセーターをまくりあげた。

美しい亜紀の顔と、同じくらい大きな乳房が、ゆさゆさと揺れて露《あらわ》になった。

江坂は、息を呑んだ。圧倒されていた。

「井上君……」

江坂は、欲望をむき出しにして、彼女に喰《くら》いついた。

「ひどい……ひどいです常務」

亜紀が、泣くように言いながら、体をよじらせた。

だが、力任せの抵抗はしなかった。加減の大事さを熟知している亜紀だった。

「本当に……どうか……やめて下さい、常務」

亜紀は、か細い声だけで抵抗した。今にも泣き出しそうな、声だった。

「一度だけ、一度だけだよ」

江坂は、喘《あえ》ぎながら亜紀に体を重ねた。

〝男になった〟彼は、荒荒しかった。

亜紀は、大東電機専務・村野平造にはない男の匂《にお》いを、江坂に感じた。

肉体も、若若しく逞《たくま》しかった。

〝怒りを漲《みなぎ》らせ〟た男も、村野にくらべて遥《はる》かに力強かった。

「君の体が、こんなに妖しく綺麗だとは思わなかった」

江坂は、亜紀の耳元で幾度も囁いた。

さすがにその囁きは、亜紀の延髄《えんずい》を刺激した。

「私、以前から常務が好きでした」

亜紀は、江坂の背中に手をまわして喘ぎ囁くと、爪《つめ》を立てた。これも計算の中に入っている熱い演技だった。

感きわまったような亜紀の媚態《びたい》に、江坂は喜んだ。

したたかな彼女の頭の中には、すでに次の計算が用意されていた。

その用意を実行に移すためにも、彼女は懸命に恍惚となっていく己れを演出した。

名監督であり名女優になり切っていた。

江坂は、もう無我夢中だった。

「うう……」

亜紀は薄くあけた唇の間から、なやましい吐息《といき》を漏らした。絶頂に達していることを相手に知らせるための吐息であった。

「常務……常務……助けて」

亜紀が、次第に半狂乱となっていく。ここまでくると、半《なか》ば本気だった。

「素晴らしい。君は素晴らしい」

江坂の欲望は、もはや火達磨《ひだるま》だった。

地位も名誉も、自分さえも忘れ切っていた。忘我の境地だった。

目の前の亜紀さえも、見えなくなりかけている。

それゆえ一層、江坂は欲望を半狂乱とさせた。

「ああ……うーむ」

亜紀は、腰を激しく波打たせた。網膜の奥深くで、火花がバチバチと散った。

とたん二人は、絡まり合ったまま、どっとベッドからころがり落ちた。

亜紀の体が、快楽の余韻《よいん》を残してか、痙攣《けいれん》している。

この痙攣だけは、彼女の計算外であった。

二人とも、さすがに精根尽き果てていた。

二、三分も経たないうちに、江坂がベッドから落ちたまま、鼾《いびき》をかき出した。ワインがまわっているからか、高鼾《たかいびき》だった。

亜紀は、むっくりと体を起こした。双《ふた》つの目が光っていた。五感が正気に戻った証《あかし》だ。そして待っていた、江坂の鼾であった。

亜紀は、バスルームで丹念にシャワーを浴びた後、ソファの上に投げ出されている、江坂の革カバンをあけた。

(あった！)

亜紀の顔に、喜色が溢《あふ》れた。

亜紀の計算通り、**自分の会社が開発を進めていた新型ミサイルの設計図**が入っていた。これに狙いを定めていた亜紀である。

恐らく、防衛省との打ち合わせに使われたのだろう。テーブルの上にこの設計図を広げ、白熱の議論を交わしたに相違ない。

亜紀は、そそくさと身繕《みづくろ》いをすると、設計図を手にしてそっと部屋を出た。フロントで、コピーをさせて貰《もら》うつもりだった。フロントのスタッフには見せられない。自分の手でコピーするしかない。

(これがうまくいったら、会社勤めなど辞めちゃおうかな)

亜紀は、頭の中に預金通帳の額を思い浮かべながら、ちょうど降りてきたエレベーターに乗った。

4

銀座のクラブ『ラムール』のボックス席は、今日も一流企業の重役たちで、混んでいた。

「この前はどうも」

亜紀は、二週間ぶりに顔を見せた村野に、寄り添った。

村野の顔は、赤銅色《しゃくどういろ》に日焼けしていた。

「日焼けなさったのね。ご旅行?」

「うん、仕事で東南アジアを駈《か》け足《あし》でまわってきた」

「今度は、私も海外へ連れていって下さい」

「いいとも。どこがいい?」

「ヨーロッパ。とくにウィーンへ行ってみたいですね」

「ウィーンと君の美しさとは、似合いそうだ」

「お口が、上手ですこと」

「君が美しすぎるから、口も上手になるのさ」

村野の機嫌はよかった。

亜紀に、ミサイルの設計図をコピーされたことなど、気付いていないのであろうか。

「大東電機の専務さんともなると、小切手帳ぐらいは持っていらっしゃるのでしょう」

亜紀が、声をひそめて訊ねた。

「持っているよ。おこづかいが要《い》るのかね」

「見たいわ、小切手帳」

「ま、君だから仕方がないか……よし」

村野は、何の疑いもなく背広の内ポケットから、小切手帳を取り出した。

「専務さんの権限だと、一回でどれくらい会社のお金が動かせますの？」

「おいおい、恐ろしいことを訊《き》くね」

「ね、内緒で教えて……」

「ほかの人に聞かれたら、困るよ」

「ボックス席だから、大丈夫。小声で話せば、誰の耳にも届かないから」

亜紀は、村野の左手を取って、豊かな乳房に押しあてた。

村野の目が、細くなった。

言おうか、どうしようかと迷っている。

「三千万円？……」

亜紀が訊ねると、村野は「そのへんかな」と苦笑した。

「じゃあ、小切手に一千万円也《なり》と書いて、サインしてちょうだい」

「随分とふっかけてくるねえ」

村野は、別に驚きもせずに、小切手に一千万円也と書いてサインした。

どうやら亜紀が冗談で言ったと思っているのだ。それにしても危険なことをする村野であった。女の怖さが、このようなところにある。

「ね、それ、ちょうだい……」

亜紀が、真顔で手を差し出した。目はじっと相手を見つめている。

村野の顔が、ようやく硬くなった。

「君、冗談が過ぎるぞ」

村野は、小切手をちぎって、破ろうとした。

その手を、亜紀は素早く押さえた。手に力が入っていた。

「これ、一千万円の値うち、ないかしら。天下の大東電機でも、きっと必要だと思いますけど」

亜紀が、ぶ厚い茶色の角封筒を、村野の膝の上に置いた。

村野は、封筒を開いて、入っていたものを取り出した。

「こ、これは……」

村野は、折り畳まれてあったそれを膝の上で窮屈そうに広げ、顔色を変えた。ライバルの極洋電機が開発を進めている、新型ミサイルの設計図のコピーだった。

「一体どうしたんだ。こんな重要機密書類を」

村野は、江坂常務と同じようなことを訊ねた。

村野は、亜紀が極洋電機の秘書室に勤めていることを、まだ知らない。

「要る？　要らない？」

「貰おう、非常に役に立つ。大東電機の技術力は、極洋電機よりも遥かに進んでいるが、極洋の技術にも注目すべき点があるからな」

村野は、設計図を丁寧《ていねい》に折り畳むと、亜紀に小切手を手渡した。

（安かったかしら）

亜紀は、ちょっと後悔した。

ミサイル開発で一歩遅れている極洋の図面だけに、一千万円という安い値をつけたのである。

（ま、いいや）

亜紀は、小切手をドレスの胸の間に入れた。

村野の表情は、まだ硬かった。

「言ってくれ。どうしてこんなことをした……それよりも何処から手に入れたのだ」

村野が、声をひそめて訊ねた。

「だって、専務さんのお役に立ちたかったんですもの」

亜紀が、囁くように答えた。

「極洋電機に誰か知り合いでも？」

「技術本部に兄が勤めています。大東と極洋がミサイル開発で競争していることは、兄から聞きました」

亜紀は嘘《うそ》をついた。彼女には、兄などいない。

「兄さんは、君が設計図をコピーしたことを知っているのかね」

「いいえ」

「なぜ私の役に立ちたいと思ったのかな。君とはたった一度結ばれただけの仲だ」

「私、父を二年前に亡くしました。専務さんを見ていたら、お父さんを思い出して」

亜紀の目から、涙が伝い落ちた。

それは、彼女自身にとっても、思いがけない涙であった。

亜紀の父は、優しかった。

その父の笑顔が、目の前に浮かんで、村野の顔と思わず重なったのだ。

亜紀は、ハンカチで、目頭《めがしら》を拭《ぬぐ》った。

「そうか、ありがとう」

村野が、亜紀の肩に優しく手を置いた。

「お金なんか頂いたりして、見損《みそこ》なった?」

「いや、そんなことはない。それは私からの心をこめた報酬だよ。これで極洋電機を、五歩も六歩も引き離せる。それにしても驚いたな」

「お役に立てて嬉しいわ」

亜紀は、大げさな身ぶりで、村野の腕にしがみついた。

「今夜、いいか」

村野が、亜紀の胸のふくらみに手を触れながら訊ねた。

亜紀は黙って頷《うなず》いた。

（お父さんの匂《にお》いがする）

亜紀は、確かにそう思った。

5

大金を手にしたものの、亜紀は結局、極洋電機を辞めなかった。

江坂常務は、亜紀から大東の設計図を受け取って一カ月も経たないうちに、いきなり専務へと昇格した。

彼は、亜紀に肉体関係を迫ってきたが、彼女はさり気なく『新専務・江坂正行』を避けた。

村野は、足しげく『ラムール』に通ってくる。

亜紀と村野の関係は続いた。

彼女は、村野と一緒にいると、なぜか心がなごむようになっていた。

その日、会社をひけた亜紀は、デパートでフランス製のネクタイを買って、『ラムール』へ出向いた。

村野の誕生日なのだ。

「おはよう」

亜紀は、『ラムール』の地下更衣室へ、上機嫌で入っていった。数人のホステスたちが、着替えの最中であった。

「亜紀ちゃん、ご機嫌ね」

ホステスの一人が訊ねた。

亜紀は、ウフフッと肩をすぼめて笑った。

村野に、愛情を抱いている訳ではなかった。

亜紀が、村野に抱いている感情は、もっと肉親の情に近いものだった。

「あんた、村野専務と怪しいという噂《うわさ》よ。相手は一流の財界人。悲しい結果にならないよう、いい加減にした方がいいわ」

ホステスたちは、亜紀の肩を叩いて、更衣室を出ていった。

亜紀は、更衣室の隅にある応接ソファに座って、ぼんやりと煙草《たばこ》をふかした。

村野の、昨夜の執拗《しつよう》な愛撫《あいぶ》が甦《よみがえ》ってくる。

亜紀は、体の芯《しん》が熱くなるような気がした。

ふと、会社での今朝の出来事が、脳裏をかすめた。

始業のチャイムが鳴ると同時に、江坂正行技術担当専務の部屋へ、大勢の新聞記者が入っていったのだ。

（一体なんの記者発表だったのかしら）

亜紀は何気なく、センターテーブルの上にのっている、実業界の夕刊紙を広げてみた。銀座のクラブにとっては、この夕刊紙はお客様を接待する上で不可欠な情報源だった。

「あら……」

亜紀は、小さな叫び声をあげた。

夕刊の第二面に、『極洋電機・新型強力ミサイルを開発』という記事が、かなりの大きさで載っていた。

（これの発表だったのか……）

亜紀は、なんとなく、村野に申しわけないような気がした。

亜紀は、腕時計を見た。

ちょうど、テレビのニュースの時間である。

亜紀は、更衣室に備えつけの、テレビのスイッチを入れた。

『……そういう訳で、今回、極洋電機が開発した新型ミサイルの、標的捕捉追跡システムは、画期的なものと言えそうです。とくに艦船に突入してくる敵ミサイルの撃破は、ほぼ百パーセントの確率と言われており、今後、世界の熱い目が、日本のミサイル技術に向けられそうです。続いて、ローカルニュース……』

亜紀は、画面に映るアナウンサーの顔を、半《なか》ば放心状態で眺めた。

そこへ、ホステスが入ってきた。

「亜紀ちゃん、あなたに親展の電報が届いているわよ。今の世の中で親展の電報を、しかもお店宛てに打ってくるなんて何だか変だわねえ」

ホステスは、亜紀に緘封入りの電報を手渡すと、足早に更衣室を出ていった。

亜紀は、怪訝《けげん》そうに緘封《かんぷう》電報を眺めた。

差出人が『H・M』となっている。

(村野専務だわ)

ドキリとなって亜紀の顔色が変わった。

亜紀は、電文を取り出して広げた。

『ヒドイ　ウラギリダ』

電文は、たったのそれだけであった。

(村野専務は、私がミサイルの情報を盗んだことに、気付いたんだわ)

亜紀は、体をガタガタと震わせた。さすがに怖さが押し寄せてくる。

テレビのローカルニュースが続いていた。

『ただいま入りましたニュース……』

アナウンサーが、まっすぐ亜紀の顔を見ているようだった。

亜紀は、なぜか心臓が凍《こお》るのを覚えた。

いやな予感がした。

『さきほど、大東電機の専務取締役で、経済産業同友会の副幹事でもある村野平造氏が、ＪＲ有楽町《ゆうらくちょう》駅のホームから投身自殺しました……』

亜紀は、アッと悲鳴をあげて、反射的に立ちあがった。

みるみる顔から、血の気が失《う》せていく。

『警視庁では自殺の背景について、本人の持っていた遺書から、調査を始めた模様です』

亜紀は、ふらふらと更衣室を出た。

店には、すでに四、五人の客の姿があった。

「どうしたの、亜紀ちゃん」

ママが、亜紀の顔を心配そうに覗き込んだ。

「なんでもないわ」

亜紀は、強《し》いて笑顔を見せると、ちょうど店に入ってきた背の高い二人連れの客に
「いらっしゃいませ」と、明るく声をかけた。

二人の客は、ジロリと店内を見まわしてから、カウンターの中にいたバーテンに近寄っていき、縦に二つ折りの黒い手帳を見せた。無言だった。ひと声も掛けない。

亜紀の体が、硬直した。

欲望の試走車《テスト・カー》

1

時速百五十キロによる一時間の連続試走を終えた八木良太郎《やぎりようたろう》は、試走車《テスト・カー》ゼロ・ワンから降り立って、待ち構えていた技術陣に、にっこりと微笑《ほほえ》みかけた。

日焼けした赤銅色《しやくどういろ》の端整な顔に、青年らしい爽《さわ》やかさが満ち溢《あふ》れている。ただ、二重《ふたえ》の涼しい目元と、鼻すじの通った形よい鼻が、余り日本人らしくない。

八木は国立大学の理工学部を、優れた成績で出ていた。

日本最大の帝国自動車《ていこくじどうしや》の技術本部に入社した翌年から、彼は自《みずか》ら望んで**高速度**テスト・ドライバーになった。

地味な技術研究の仕事よりも、生死を懸《か》けた**高速度**テスト・ドライバーの仕事に、青年らしい夢を覚えたからである。

そして今では、経験六年の主任格のテスト・ドライバーとして、技術本部試走室では中心的な立場にあった。

「上上です。実に素晴らしい」

八木は、額《ひたい》や首すじから噴《ふ》き出る汗を、手の甲で無造作《むぞうさ》に拭《ぬぐ》うと、笑顔で足早に歩み寄ってきた試走室長・村瀬修吾《むらせしゅうご》に、そう伝えた。

「ご苦労、よくやってくれた」

村瀬が、八木の肩をポンポンと叩《たた》いた。

技術員たちが、まだエンジンルームから熱を放っているゼロ・ワンに駆《か》け寄《よ》っていった。車に積み込まれているたくさんの測定器を、チェックするためである。

ゼロ・ワンは、帝国自動車が社運をかけて開発した高性能電気自動車であった。そのため、航空機《ドローン》を利用した空からの他社の盗撮を防ぐため、ゼロ・ワンのボディは五年前発売の旧型ガソリン車の車体になっている。

このゼロ・ワンは、従来の電気自動車の弱点を包括的に乗りこえた、画期的な新型車であった。

従来の電気自動車は電池および走行距離に問題があって、どうしても高速道路における、**長距離高速度長時間**走行に弱点があった。そのうえ電気出力を高めようとすると、車体に大型電池をいくつも搭載《とうさい》しなければならない難点がある。加えて、各地における充電スタンド不足の問題も著《いちじる》しかった。

ゼロ・ワンはそれらの弱点をまさに包括的に克服していた。

帝国自動車が開発した、このゼロ・ワンには、技術陣が十年の歳月と莫大《ばくだい》な投資によって開発した、リチウムとニッケルカドミウムの併用素材から生まれた超高出力の小型電池が搭載されている。

この電池は、超高出力という特徴を活かして、走行中の電池の消耗量を、優れた瞬間充電システムによって、常時満充電状態を維持できると言う強みを持っていた。

そこに、このリチウム・ニッケルカドミウム電池の画期性があった。つまり車に小型発電機を積み、モーターの回転に連動させて発電機を回し、それを電池に直結すれば放電と充電が同時に出来て、車は連続的なハイ・パワーを発揮して長時間高速走行が出来るのである。こう書けば簡単だが、ともかく全てが高精密装置と高緻密装置の塊《かたまり》であった。

技術員たちが、車の中から測定器を取り出して、念入りにチェックをし始めた。

この時、テスト・ロードの上空に、突然ヘリコプターが一機現われて、旋回しだした。

村瀬室長は、空を見上げて、チッと舌打ちをした。その表情がこわ張っている。

「どうせ大日本自動車の連中だろう。他社の専用テスト・ロードの上で平気で旋回するなんざあ、全《まった》く厚かましい奴《やつ》らだ」

「なあに室長、盗み撮りされたところで、外観からじゃあ、電気自動車と判りっこありませんよ」

八木がそう言いながら、ヘリコプターに向かって手を振った。村瀬が、こわ張った顔を弛《ゆる》めて、思わず苦笑する。

大日本自動車は、帝国自動車に次ぐ、わが国第二位の自動車メーカーであった。

「ですが室長、車から降ろした測定機器を望遠カメラで写されると、ちょっとヤバイですね。電気出力計や充電測定器がありますから、連中に見抜かれるかもしれません」

「なるほど、それもそうだ」

村瀬室長は、慌《あわ》てて技術員たちの方へ駈けていった。

旋回していたヘリコプターが、ゼロ・ワンの上空で停止した。村瀬が空を指さして何やら大声を張りあげる。

技術員たちが、慌てて測定器に、自分たちの着ていた作業服をかけた。

八木は、テスト・ロードの正門脇《わき》にある鉄筋三階建ての管理棟に向かって、ゆっくりと歩き出した。

その白亜《はくあ》の建物から、銀ぶち眼鏡《めがね》をかけた白髪痩躯《はくはつそうく》の男が姿を見せて、八木に笑いかけた。

八木が、丁寧《ていねい》に頭を下げる。

白髪の男は、常務取締役技術本部長の、島野宗市《しまのそういち》であった。穏《おだ》やかで上品な風貌《ふうぼう》をしている。

「うるさいのが来ているようだな、八木君」

島野が、額に手をかざし、目を細めて空を見上げた。

「大日本自動車に違いありませんよ。どうせ写真を撮っているんでしょう。もっとも旧型ガソリン車の外観を写しても、なんの役にも立たないでしょうが」

「で、高速走行の調子はどうかね」

「素晴らしいの一語につきます。騒音、震動はほとんどありません。ただ走行三十五分の時点で熱測定器の針が異常に高い数値を示したのが気にかかります」

「うむ、モーターの加熱だな。そいつぁ高速走行が原因ではなく、恐らく新型電池の高電流のせいだろう。熱を出しやすいのが、こいつの唯一の欠点だ」

「私もそう思います。その点が改良されたら、あとは一気に生産ラインへ、ゴーですね」

「そうだな。ま、よくやってくれた。ありがとう。もう午後三時を過ぎている。今日は疲れただろうから一足先に帰宅して体を休めたまえ。表に星野《ほしの》君を待たせてある」

「はあ、それではお言葉に甘えまして」

八木は、島野に一礼して管理棟二階のロッカー・ルームへ行き、シャワーをあびたあと背広に着替えて試走場の正門を出た。

門のところに、白い車が待機しており、その車の脇に、豊かな黒髪を肩の下まで垂《た》らした、二十七、八かと思える女が立っていた。

大柄である。一七三、四センチはあるだろうか。赤いセーターの下で、ブラジャーをつけていないらしい豊かな胸の輪郭が、刺激的であった。

技術本部長付の星野美津子《みつこ》である。かつて女性テスト・ドライバーを目ざしたことがあるくらい、腕の確かなドライバーだった。

今では試走室のテスト・ドライバーの送り迎えや、技術本部長の業務補佐が、彼女の主な仕事になっている。

「その顔つきでは、テストは上手《うま》くいったようですね」

美津子が笑いながら、先に運転席に乗り込んだ。体を動かすたびに、豊満な胸がセーターの下でユサリと揺れる。

八木はゆっくりとした動きで助手席に座ると、彼女にことわってから煙草《たばこ》を口にした。

「疲れた?」

「まあね、なにしろ時速百五十キロの一時間連続走行だ。おまけに積み込んだ計器類にも視線を走らせなきゃあならん」

「お疲れさま」

車が滑り出して、試走場の正門から離れると、八木の右手が、スッと伸びて美津子の左の胸をサラッと撫《な》でた。幼子が母親の胸に甘えるような撫で方だ。

「対向車線の車から見えますよ」

「構うもんか」

「どこで休みますか。コーヒーでもどう?」

「任せるよ」

八木は、火の点《つ》いていない煙草をくわえたまま、また美津子の胸と戯《たわむ》れた。ハンドルを握る美津子は、ただ苦笑するだけだ。八木の『女好き』を知り過ぎるほど知っている彼女である。

「ぶつかっても知らないですよ」

美津子が、漸《ようや》く片手運転に移って、しつこい八木の手を追い払った。

車がグーンとスピードをあげる。

か。

美津子は、少しきつい表情になっていた。八木の悪戯《いたずら》に腹が立ってきたのであろう

やがて車は、赤坂《あかさか》の有名な高級喫茶店《カフェー》『矢野』の駐車場に滑り込んだ。この高級カフェー、夜は夜で会員制の高級クラブ『Yano』に姿を変える。スイッチ一つでネオンも切りかわるのだ。

八木と美津子の関係は、すでに三年になる。

「ここでいいよ。少し眠らせてくれ」

美津子が駐車場へ入れた車のエンジンを切ると、八木は助手席のシートを後ろへ倒して目を閉じた。

「毎日のように無理をしているもの。疲労が体の中に溜《た》まって抜けないのね」

「静かにしてくれ。体はまだ時速百五十キロで走ってんだ」

「いいわ。好きなだけ眠りなさい。何時迄でも傍《そば》に付いていてあげるから」

八木は「すまん……」と言うと、もう寝息を立て始めていた。美津子は、八木の乱れている前髪を指先で、そっと整えてやった。まるで母親のように。

2

翌日の夕方、八木を訪ねて業界紙『毎朝自動車新聞《まいあさじどうしやしんぶん》』の女性編集長、船岡京子《ふなおかきようこ》が帝国自動車を訪れた。

毎朝自動車新聞は、自動車業界の専門紙としては、信用の厚い最大手である。八木は、この女性記者と会うのは初めてであったが、その名前はしばしば耳にしていた。年は四十をいくつか過ぎていると思えたが、自動車業界紙の間では、独身の女傑として名を知られている。

八木は、技術本部の応接室で彼女と会った。

だが会ってみると、小柄で柔和《にゆうわ》な女であった。とても業界紙の女性編集長とは思えない、静かな雰囲気の持ち主である。

「実は、毎朝自動車新聞の創刊三十周年を記念して、来週の土曜日にテスト・ドライバー特集を組むことになりましたの。それで八木さんにも是非登場して頂きたいと思いまして」

船岡京子は、落ち着いた口調で言うと、二重《ふたえ》の切れ長な目で八木を見つめた。

「それは光栄ですね。で、どのような特集になるのですか」

「日本で五指に入る一流のテスト・ドライバーの苦心談を組みたいと思っています。その五指の中心に八木さんを入れさせて頂きたいと考えております」

「ほう、五指の中心にですか。悪くない話ですね。とくに女傑の評判高い、あなたのような方《かた》に選んで貰《もら》ったとなると、大変な栄誉ですよ」

八木は、にっこりとして言った。

女傑と言われて女の顔が思わず弛《ゆる》み、微笑んだ口元に四十を過ぎた女性とは思えぬ初初《ういうい》しさを覗《のぞ》かせた。

八木は、船岡京子のインタビューを受けながら、彼女に関心を持ち始めた。自分より十いくつも年上であるはずの女が、思ったよりも若く鋭い感性の持主であること、そして女傑の評判とは違った、彼女の楚楚《そそ》とした印象に惹《ひ》かれたのである。

それに四十を過ぎて、なお独身というのが、八木の男としての興味を少しばかりかきたてていた。

インタビューの途中で、星野美津子がコーヒーを二つ持って、部屋に入ってきた。

白人女性にも劣らない美津子の体にくらべると、京子の体は子供のように小さく見える。

コーヒーを置いて部屋から出ていく時、美津子がくるりと振りかえって八木を見た。豊満な乳房が、スーツの下で左右に揺れる。

八木は、そんな美津子を無視して、話の内容に知的な変化が目立つ京子との対話を楽しんだ。

インタビューが終わったのは、午後六時を過ぎてからであった。

京子は、お礼に、という理由で八木を食事に誘った。

八木は、京子の車の助手席に座った。テスト・ドライバーとして、車に乗る機会の多い八木は、日頃《ひごろ》めったに自分でハンドルを握らない。通勤も、休日に遊びに出掛ける時も、利用するのはバスや電車である。

（車のプロは、車になんか乗らねえ）

それが八木の哲学であった。

京子は、八木を赤坂の料亭へ案内した。二流どころの小さな料亭ではあったが、せまい庭に離れ座敷が三室ほどあり、その一室に二人は入った。

「あなたに五指の中に入れて貰ったんだから、本当は私が夕食を御馳走しなきゃいけないんだが」

八木が言うと、京子は静かに笑った。

(どう見ても女傑じゃない。むしろ有能な貴婦人て感じだ)

八木は、そんな目で京子を見つめながら、勧《すす》められるままに酒を呷《あお》った。

京子も呑《の》んだ。あまり強くないのか、盃《さかずき》を四、五杯あけただけで、頰《ほお》を真っ赤に染めている。

「妙だなあ、あなたのどこが一体、女傑と言う噂になるのですかねえ。私から見たあなたは、まるで上品に過ぎる貴婦人だ」

八木が言うと、京子は鈴をころがしたような声で、さもおかしそうに笑った。

京子は、自分からあまり話さなかった。それどころか、ときどきふっと暗い表情を見せて、視線を伏せることがあった。

女のそんな様子を、八木はさり気《げ》なく観察しながら気になった。

「あなたは、確か独身でしたね」

かなり酔いがまわった頃、八木は大胆な質問を京子に向けてみた。

と、京子が不意に顔を歪《ゆが》めて立ちあがった。そして、そのまま座敷から飛び出したのである。

すでにかなり酒がまわっていると見えて、足元がふらついている。

八木は慌てた。京子を怒らせてしまった、と思った。

彼は、母屋《おもや》と離れ座敷とを結ぶ回廊の中ほどで京子に追いつくと、背後からその肩を摑《つか》んだ。

「失礼、酒の勢いでつい口が滑《すべ》ってしまった。許して下さい」

八木がそう言うと、京子はキッとして振り向いた。驚いたことに、両の目に涙を一杯浮かべている。

その涙を理解しかねて、八木は、狼狽《ろうばい》した。いくら非礼であったとはいえ、まさかあれくらいの質問で〈女傑〉の京子が涙を流すとは思ってもいなかったからである。

「帰りましょう、八木さん。あたくし会計を済ませてきますから、車で待っていて下さい」

京子は、そう言い残して、足早に八木から離れていった。

八木は料亭の駐車場にとめてある、京子の車の中で彼女を待った。

四、五分して、彼女がやってきた。

「酒が入っています。運転出来るのですか。飲酒運転は止《よ》した方がいい。どうしてもなら私が運転しましょう」

「大丈夫ですわ、これくらいのお酒」

そう言う京子の顔は、もう笑っていた。

八木は、ホッとして肩の力を抜いた。複雑な気分であった。そして、飲酒運転の怖さは、判り過ぎるほど判っているプロのドライバー八木である。

京子の車は、無事に十分ほどを走って、ある超高層マンションの地下駐車場に滑り込んだ。

「ここは？」

「あたしのマンションです。どうぞいらして下さい。ブランデーぐらいはありますから」

京子は、自分から先に車を降りた。案外、足許は確《しつか》りとしているではないか。それに、割に淡淡とした様子である。それとも無理して、そう見せているだけなのか？

八木は一瞬、呆気《あつけ》にとられたような顔をして彼女の様子を見ていたが、ハッと我を取り戻した。

（この女、なぜ私をここへ？）

八木は一抹《いちまつ》の不安を覚えた。独身だと思っていた女性の背後に、実はよからぬ男がいたというのは、よくある話だ。

（だが彼女は信用ある一流業界紙の女編集長だ。まさかそんなこともあるまい）

八木は自分の考え過ぎを否定しながら、京子のあとに従った。

彼女の部屋は、最上階の４ＬＤＫであった。窓から見える大都会の夜景が、目の覚めるような美しさである。

部屋には、全く男の〈匂《にお》い〉はなかった。

一見して、中年の独身女の部屋と判った。

「コーヒーをいれましょう」

京子がコーヒーの用意をしながら、スーツを脱いで台所に立った。スーツの下に、薄いジョーゼットのブラウスを着ている。そのブラウスの下で、形のよい乳房がふくらんでいた。

「女の一人暮らしの部屋へ入るのは、初めてかしら？　それとも馴《な》れていらして？」

京子が、応接ソファに座っている八木に背中を見せたまま訊《たず》ねた。

八木は、さあね、と曖昧《あいまい》に答え、少し時間を空けてから足音を忍ばせて彼女の背後に迫った。

気配を感じて、京子が振りかえった。

その口を、八木の唇が塞《ふさ》いだ。

はじめから『覚悟の予想』をしていたかのように、京子は小さな抵抗も見せなかった。八木に口を塞がれたまま、左手を伸ばして、コーヒー・サイフォンのアルコール・ランプを器用に消した。

ポコポコと音をたてていたサイフォンが、静かになった。

八木は、小柄な京子の体を軽軽と抱きあげて、寝室へ向かった。

リビングルームの隣の寝室には、セミダブルのベッドが調《ととの》えられていた。

男の匂いを感じさせない、ベッドだった。

八木は、そのベッドに京子をそっと仰向《あおむ》けに寝かせ、ゆっくりとスーツ、ワイシャツ、ズボンと脱いでいった。

京子は目を閉じて人形のように横たわったまま、肩で大きな息をした。

目を閉じた表情は、まるで怯えているようだった。

八木は、彼女に体を重ねた。ただ、小柄な彼女を自分の体重で圧しないようにと、気を使った。

京子の喘《あえ》ぎが、大きくなっていく。

彼女は、すでに自分を見失っているかのようだった。

八木はそんな京子の表情を観察しながら、初対面の彼女がなぜ自分をマンションに誘い込んだのか、考え続けた。何かにコツンと触れるような気がしたから。

3

テスト・ロードにおける試走日程のすべてを終えたゼロ・ワンは、午前一時を過ぎた暗夜《あんや》の中央《ちゆうおう》自動車道を、大月《おおつき》に向かって爆走していた。

夜の高速道路に出ての高速走行が、最終テストとなるのだった。

この深夜テストが終了すると、いよいよベールを脱いだゼロ・ワンが、既に態勢を整えている数カ月後の大量生産に備えてマスコミに登場する。

ゼロ・ワンは、ノークラッチのオートマチック車で、スタートから時速百二十キロまでわずか四秒で到達する。

「こいつぁ、爆発的に売れるぜ」

八木が、助手席に座っている星野美津子に言った。

美津子が、計器類を見ながら「そうね……」と頷《うなず》く。

「熱測定器はどうだ。この前はモーターが少し加熱したが」

「異常ないわ。そのほかの測定器も正常よ」

「これで一気に大量生産へゴーだな」

八木はそう言いながら、なに気《げ》なくバックミラーに視線をやって顔をしかめた。

「どうしたの？」

「暗くてよく判らないが、マセラティによく似た白いスポーツカーが、さきほどから我我を尾行している」

「なんですって……」

美津子は、後ろを振りかえった。

「本当だわ。確かにマセラティ・ボーラのようね」

「大日本自動車のスパイという訳か。しかし妙だな。ゼロ・ワンが深夜の高速道路に出て最終テストをすることは、技術本部の者しか知らないはずだが」

「誰《だれ》かが情報を漏《も》らしたのかしら」

「振り切れるかどうか、ひとつやってみるか。マセラティを相手にするのもいいテストになる」

八木は、アクセルを踏み込んだ。

鋭い金属音を発して、ゼロ・ワンが加速する。

ガソリン車と違って、加速時に発する機関部の轟音《ごうおん》はほとんどない。

「悠然とついてきやがる。さすがにマセラティだ」

八木が、苦笑して舌打ちをした。

マセラティ・ボーラはイタリアの大型高級スポーツカーで、４９３０ccのエンジンを搭載し、四輪独立サスペンション、四輪ディスク・ブレーキで、トランスミッションは五速であった。

「気味《きみ》が悪いわ。どういうつもりかしら」

美津子が、不安そうな表情を見せた。

そんな美津子の胸を、八木が左手を伸ばしてチョンと軽く突ついた。

「落ち着けよ、次のドライブインで休もう」

八木がそう言った時、左手前方にドライブインの明りが見えてきた。

八木はアクセルから足を離して、スピードをダウンさせた。マセラティが急速に近付いてくる。だが追い越そうとする気配はなかった。

（やはり尾行しているな）

そう思いつつ八木は、ハンドルを左へ切ってドライブインに入っていった。

案の定、マセラティもついてくる。

八木と美津子は、売店の前でゼロ・ワンをとめると、車から降りてドアをロックした。

マセラティが、少し離れた駐車スペースにとまった。

「君はここで待っていろ」

八木は、美津子をゼロ・ワンの傍《そば》に残して、ゆっくりとマセラティに近付いていった。

と、不意にマセラティのドアがあいて、黒いサングラスをかけた白いスーツの男が姿を見せた。年は八木と同じぐらいであろうか。肩幅が広く、長身である。

八木は、臆《おく》する気配も見せずに、その男の前に立った。

「なぜ私の車をつける。お前さん、大日本自動車のまわし者か」

「オレが？……一体なんの話だ」

男が、わざとらしい怪訝《けげん》な表情を見せた。

「ふざけるな。調布《ちょうふ》インターを過ぎたあたりから、ピタリと私の車をマークしていたじゃないか。用があるなら言ってもらおうか。私はテスト・ドライバーで年中気が立っているんだ」

「オレはあんたなんか知らない。大日本自動車なんてのも関係ないよ。そこをどいてくれないか」

男が八木の体を押しのけるようにして、歩き出した。

八木が、その男の肩に手をかけて引き戻そうとする。

男が振りかえりざま、いきなり八木のボディに痛烈なパンチを放った。

八木は、体を折って呻いた。こたえていた。

「とうとう正体を出したな。大日本自動車さんよ」

八木が苦しそうに顔を歪めて笑うところへ、男が二発目のパンチを放とうとした。

八木は体を沈めると、両手で男の両足を力一杯すくいあげた。

男の体が宙に浮き、鈍《にぶ》い音をさせてコンクリートにしたたか後頭部を打ちつけた。

男は意識を失ったらしく、その場に長長と横たわった。

八木はマセラティのキイを抜くと、闇《やみ》の彼方《かなた》に向けて投げ捨てた。

彼は、フウッとひと息吐いてから、踵《きびす》を返した。

だが次の瞬間、彼は脱兎《だっと》の如《ごと》く駈け出していた。

ゼロ・ワンの傍に、カーキ色の作業服を着た技術者らしい男が三、四人集まって、車内を覗いたり、車底を調べたりしていたからである。

しかも、そこで待っているはずの美津子の姿がない。

「しまった。マセラティは囮《おとり》だったのか」

八木が、凄《すさ》まじい形相《ぎょうそう》で車に駈け寄ると、男たちが敏捷《びんしょう》に散った。そして二十メートルほど離れたところにとまっていた大型の外車に駈け込む。

八木は、その外車の後部座席に、女の影があるのを認めた。

「くそッ！」

八木は叫びざまゼロ・ワンのドアをあけた。

外車が轟音を発して、急発進で走り去る。

八木がキイをひねると、ゼロ・ワンのために開発された直流電気モーターが衣《きぬ》ずれのような音を発して回転した。

八木が、アクセルを踏み込む。

タイヤを軋《きし》ませて、ゼロ・ワンがアスファルトを蹴《け》った。四秒で時速百二十キロに達するゼロ・ワンである。

闇を裂いて、弾丸のようにゼロ・ワンが疾走《しっそう》した。

だが、相手も大出力エンジンの大型の外車である。その車影は、すでにヘッドライトの届く距離にはなかった。

八木は、アクセルを踏み続けた。スピードメーターが、百五十キロをマークし、ゼロ・ワンが一条の閃光《せんこう》となって爆走する。

帝国自動車ナンバー1のテスト・ドライバー、八木良太郎の腕の見せどころであった。

「見えた……」

八木は、獲物《えもの》を狙《ねら》う豹《ひょう》のような目つきをして呟《つぶや》いた。暗い車内だと言うのに、二つの目がギラリと光っている。そう、まぎれもなく光っている。

約三百メートル前方に、見覚えのある大型の外車が、他車のライトに照らし出されてぼんやりと浮かびあがった。

外車も、エンジンをフル回転させているようであった。時速百五十キロのゼロ・ワンを引き離そうとしている。

八木は、一定の距離を置いたまま、外車を追跡した。

やがて二十分ほど走った外車は、相模湖《さがみこ》インターを出て山沿いの湖岸《こがん》を走り、ピクニックランドを通過して途中の山道を右へ折れた。

八木がその山道へゼロ・ワンを乗り入れると、外車は意外に近いところに停車していた。

ヘッドライトの中に浮かぶ外車に、人の気配はなかった。

八木はいったんゼロ・ワンのエンジンを切ってヘッドライトを消すと、予備バッテリーのスイッチを入れて、再びヘッドライトを点《つ》けた。リチウム・ニッケルカドミウム電池の電圧を『下らない行事』で減らさないための措置である。

エンジンを回転させないで、そのままヘッドライトを点けっ放しにしておくと、充電発電機が作動していないため、さすがの高機能新型電池もバッテリー・アウトになりかねない。むろん、これはゼロ・ワンに限ったことではない。

車内を覗くと、美津子が広い後部座席で、気を失って横たわっていた。セーターが首のあたりまでめくれあがり、二つの乳房が露出している。だが下半身は乱れていない。恐らく上半身だけ、男たちに弄《もてあそ》ばれたのだろう。

八木は、外車のドアをあけ、後部座席に入ると、美津子を抱きおこした。

乳房が、ゆらりと揺れる。

八木が、美津子の体を軽く揺すると、彼女はうっすらと目をあけた。

「大丈夫か？」

「ええ……、頭をいきなり殴《なぐ》られたの。もう少し寝かせて」

美津子は力なく呟くと、また目を閉じた。

4

それから三週間後に行なわれた、帝国自動車定例取締役会は、騒然とした空気に包まれていた。

ライバルの大日本自動車が、高性能電気自動車の『試作車の製造』にとりかかった、という情報が入ったからである。

帝国自動車の情報収集網は、大日本自動車が電気自動車の開発を進めているという情報を、これまでに一度もキャッチしたことがなかった。

電気自動車にかけては、帝国自動車が独走状態にあると、確信を持っていたのだ。

八木は、この役員会に喚問され、深夜の中央自動車道での試走中にマセラティ・ボーラに追尾された前後の事情を厳しく問いただされた。

「……では君は、絶対に車体の機密部分をその正体不明の連中に見られていないと断言出来るんだな」

技術担当副社長の大林《おおばやし》省吾《しょうご》が、苛立《いらだ》った目を八木に向けた。

「はい。自信を持って断言出来ます。ドアは四枚ともロックされ、しかも試作車のボンネットは技術本部にあるキイを使わないと、あかないようになっています。私がゼロ・ワンから離れたちょっとのスキに、連中は車底を覗き込んでいましたが、機関部の車底は鉄板を張ってありますから見えません」

「うむ……そうか……そうだったな」

「副社長、大日本自動車が電気自動車の試作車を突如《とつじょ》としてつくり出すには、長い研究を極秘状態でやっていたか、他社の設計図、つまりわが社の設計図を何らかの方法で手に入れたかの、どちらかです。そうでないと、とてもつくれる訳がありません。わが社にしても長い年月を掛けたのですから」

「すると君は、技術本部の誰かが、わが社の設計図を漏らした可能性がある、というのか」

「いいえ。私はただ、そうじゃないか、と思ったことを言ったまでで……」

「判った。君はもう下がってよろしい」

副社長に言われて、八木は役員会議室を出た。

大日本自動車が電気自動車の『試作車』をつくり始めたという情報は、八木にとっても大きな衝撃であった。

大日本自動車が、高性能電気自動車の開発研究を手がけているという情報は、八木もこれまで一度も耳にしたことがない。間違いなく、電気自動車にかけては、帝国自動車が独走状態にあったはずなのだ。

（一体、なぜ……）

八木は、ゼロ・ワンの設計図を大日本自動車へ流すことが出来る顔ぶれを、頭の中に思い浮かべてみた。設計図は、技術本部長、試走室長、そしてゼロ・ワンのテスト・ドライバーである八木の三人が持っているだけだった。しかも自宅への持ち帰りは、**厳禁**となっている。

他の技術スタッフたちは、必要の都度《つど》、技術本部長か試走室長に申請して設計図を見せて貰うのであった。その時は、技術本部長か試走室長のいずれかが、図面を申請したスタッフの作業に立ち合うことになっている。

幹部社員以外で、設計図をいつでも自由に見られるのは、テスト・ドライバーの八木だけであった。つまり八木は、信頼される立場にあったのだ。

（それゆえに……それゆえに大林副社長は、私を疑っているに違いない）

八木は、終鈴が鳴ると、暗い気分で会社を出た。その八木の肩を誰かが後ろから叩いた。

振りかえると、星野美津子が立っていた。

「役員会で大変だったそうね。島野技術本部長から聞いたわ」

美津子は、暗い顔で言った。

八木は、力なく笑った。このところ船岡京子の体に溺《おぼ》れ込んで美津子の体には全く触れていない。美津子にすまない、と思いながらも、八木はどうしても京子の体が忘れられなかった。

京子は、八木の初めての女だったのだ。

「今夜は？」

「疲れているんだ、そのうち誘うよ」

「最近なんだか冷たいわね。じゃ、一人で夜の街でも散歩してくるわね」

美津子は、チラリと悲し気な表情を覗かせると、八木から離れていった。

八木はタクシーを拾って銀座に出、ビヤホールで軽くビールを呑み、午後八時頃に京子のマンションを訪ねた。

京子は、すでに帰宅していた。八木の来ることを予想でもしていたのか、テーブルの上にワインやオードブルが並んでいた。

「お疲れのようね」

京子は、いそいそと八木の背後にまわって、背広を脱がせた。

その拍子に、八木の背広の内ポケットから小型の手帳が落ちた。

「あら、また落ちたわ。この間から幾度も落ちているのよ」

京子が、そう言いながら、背広を裏返した。

「やっぱりだわ。内ポケットがこんなにほころびていてよ、あとで縫《ぬ》ってあげます」

京子は、落ちた手帳を八木に手渡した。

八木の表情が、この時ハッと強張った。

京子は、それに気付かなかった。

(この手帳には、ゼロ・ワンの技術的詳細が記入されている。ここで幾度も手帳を落としていたとなると、もしや京子が……)

八木の目つきが、険《けわ》しくなった。

八木は、金庫に保管されている設計図を、いちいち取り出して眺めるのが面倒なため、ゼロ・ワンの機関部とリチウム・ニッケルカドミウム電池の技術的詳細を、この小型ノートに書き写していた。

(まずかった……俺としたことが)

八木は後悔した。

京子は毎朝自動車新聞の敏腕編集長である。

当然、大日本自動車との取材上の交流もあるはずだった。

「見たのか、この手帳を……」

八木がさり気なく訊ねると、京子が悪《わる》びれずに、ええ、と頷いた。

「でも、なんだか難しくってよく判らなかったわ。車の技術的なことのようね」

京子が、八木のグラスにワインを注《つ》ぎながら言った。

八木は、京子の目の動きを凝視した。落ち着いた目の色をしている。

(違うな、この女じゃあない)

八木が京子に対する疑いを否定した時、京子が微笑《ほほえ》みながら意外なことを口にした。

「ねえ、八木さん。昨夜のことなんだけど、有楽町《ゆうらくちょう》に近い高級クラブで意外な人を見かけたのよ。ある外車の専門商社の招待でその店へ行ったんだけれど、偶然あなたの会社の村瀬試走室長さんに出会ったわ。きれいな女子社員のかたをお連れになって」

「女子社員?」

「ほら、あなたに初めてインタビューした日、応接室へコーヒーを持ってきて下さった、スラリとした豊かな体つきのかた」

「えっ、星野美津子が村瀬室長と、クラブへ行ってたのか」

「あのかた、星野美津子さんておっしゃるの？　私の座ったテーブルとはかなり離れていたので、お二人の話はよくは聞こえなかったけれど、村瀬室長が、間もなく君は八木君のあとを継いでテスト・ドライバーになれる、とか言っておられたようだわ。これ、どういう意味なの？……テスト・ドライバーって、当たり前の運転技術では、とてもやっていけないでしょ。危険でもあるし」

「村瀬室長が間違いなく、星野美津子に対してそのようなことを言っていたのか」

八木の顔色は、変わった。

「あの女のかた、かなりテスト・ドライバーに、なりたい口調だったけれど」

「それは知っている。彼女は車に関しては、優れた運転能力や技術的知識を有しているんだ。女性テスト・ドライバーになるのが、彼女の夢でもあった。だが厳しい定員制を敷いていたので、なれなかったんだ」

「あなたの顔色を見ていると、なんだか複雑な事情がありそうね」

「そのクラブ、なんて名の店なんだね？」

「ここよ」

京子が、八木にクラブのマッチを手渡した。

それは有楽町に近い『シルバー』という名の、高級クラブであった。

八木は、立ちあがって脱いだばかりの背広を着ると、唖然《あぜん》としている京子を部屋に残して、マンションを飛び出した。

（美津子なら、私の手帳を見る機会は、いくらでもある。ゼロ・ワンのテスト中、私はしばしば彼女に上着《うわぎ》を預けた……試走場で無線通話装置を持つ試走服に着替える際、それが習慣になっていた。くそっ）

5

八木はタクシーを拾って有楽町に向かった。

クラブ『シルバー』は、すぐに見つかった。

彼は用心深くクラブへ入っていった。かなりの広さの店である。

店内は、すでにかなり混んでいたが、彼は奥の隅のテーブルに、村瀬室長と一緒にいる美津子を、発見した。村瀬が美津子の肩に腕をまわしている。

（そういう仲だったのか……迂闊《うかつ》だった）

八木は目立たぬテーブルに席をとって、二人を観察した。

三十分ほど経《た》った頃、店に入ってきた長身の若い男の客が、まっすぐに美津子のテーブルに近付いていった。

八木は、その男の顔を見て、胸の内で思わずアッと叫び声を漏らしていた。

(あの男は、まぎれもなく大日本自動車のテスト・ドライバー、津田哲彦《つだてつひこ》……奴がなぜここへ……)

八木がそう思った時、店内の明りがスッと暗くなった。

美津子のテーブルに近い中央のステージに、女性歌手が立ったからだ。

津田が美津子のテーブルにつくと、何か密談が始まるのか、村瀬に促《うなが》されてホステスたちが席をはずした。

「近くでステージを見ないか」

八木は横についたホステスを誘うと、目立たぬよう彼女の体にピタリと寄り添って、美津子の背後のテーブルへ回り込むようにして向かった。店内の暗さが、八木に味方していた。

美津子と二人の男は、ステージの女性歌手には目もくれずに、額を寄せて何やら話し込んでいる。

大日本自動車の津田の低く太い声が、八木の耳に辛《かろ》うじて届いた。

「あと、どうしてもモーターと小型発電機の図面が欲しいですね、星野さん」

「見返りは？」

「私を信用して下さいよ。決して失望はさせません……一度目に御手渡しの御礼通りに従って」

「判りました。信用いたしましょう」

「ありがとうございます」

「チビチビ手渡しは面倒ですから今度は八木の手帳を、そのままそっくりお渡し致します」

「そいつぁ助かります。千両箱ものですよ。ぜひ手に入れて下さい」

「その代わり、万一の時は、私と村瀬試走室長の身柄を、引き受けて下さいますわね」

「むろんです。それはわが社のトップも、承知しています。お約束します」

津田は、そう言うとテーブルの上にかなりの厚さの茶封筒二つを置いた。

「この前に頂いた電池図面の二度目の謝礼の御手渡しです。では私はこれで……来週の火曜日に、またここで会いましょう」

津田が、二人に軽く頭を下げて、店から出ていった。

村瀬が、テーブルの上の封筒を、素早く背広の左右の内ポケットに捩込《ねじ》んだ。捩込まねばならぬ程に厚い茶封筒だった。

「封筒は一つずつですよ、村瀬室長」

「判っているさ。あとでホテルで渡すよ。それにしても君は恐ろしい女だな。八木と君との仲は薄薄知っていたが、彼がほかの女に気を寄せたからといって、これほどの復讐劇《ふくしゆうげき》を企《たくら》むとはね。深夜の中央自動車道での追尾劇なども、大胆というほかはない。女は怖いな。震えあがるよ」

「あら、室長だって相当の悪者ではありませんか。私の体を貪《むさぼ》るように食べたうえ、八木を情報漏洩者《ろうえいしゃ》に仕立てあげるこの劇に、一枚も二枚も嚙《か》んだではありませんの。それに大日本自動車からカネをせしめる智恵《ちえ》を授けて下すったのは、室長でしてよ。私はただ、八木を困らせるだけのつもりだったのに」

「情報を相手に漏らす以上、カネを取って当然だよ」

「私の体を貪り食った代償は別加算で下さいますわね」

「ううっ……む、むろんだよ。八木はそのうち退職に追い込まれる。そのあと君が日本で最初の女性テスト・ドライバーとなる。マスコミが注目するぞ」

「嬉《うれ》しいわ」

「そのかわり、テスト・ドライバーになってからも、ときどき会ってくれるな」

「ええ……きちんと下さるものを、下されば」

八木は顔をしかめて、二人の対話を聞きながら、ホステスを残してそっと立ちあがった。胸が悪くなって嘔吐《おうと》しそうだった。ステージの女性歌手が漸くハスキーな声で歌い始めた。

村瀬と美津子の注意が、ステージへ移った。

八木は、出口に近い赤電話の方へ、ゆっくりと歩いていった。

彼は、口元を歪めながら、島野宗市常務取締役技術本部長の自宅のダイアルをまわした。
五、六度着信音が鳴って、島野自身が電話口に出た。夜遅くに起こしたせいなのか、声が少し掠《かす》れている。
「あ、本部長、八木です。例の大日本自動車の電気自動車試作の背景が、摑めました。来週の火曜日、有楽町のある高級クラブで、詳細をお話し致します」

島野は八木の意味あり気な報告に「判った……」とひと言答えただけであった。

八木は電話を切ると、顔を寄せ合ってヒソヒソ話をしている村瀬試走室長と美津子の方へ視線を向け、チラッと唇の端だけで笑った。表情は暗く沈んでいる。

「これで、私が近い将来、試走室長になれる確率が、一段と高まった」

八木は暗い声で呟くと、支払いを済ませて『シルバー』を出た。爽快《そうかい》な気分ではなかった。溜息が続けて、二度吐き出された。

野望の狂宴《きようえん》

1

食品輸入の中堅商社で、東証《とうしよう》二部に上場《じようじよう》する関東貿易《かんとうぼうえき》の定例取締役会は、冒頭から紛糾《ふんきゆう》していた。

ワンマン社長の高山玄太郎《たかやまげんたろう》が、突如《とつじよ》として「カナダに木材加工工場、アイルランドに魚肉擂《す》り身《み》工場を建設する」と言い出し、副社長の矢澤正助《やざわしようすけ》が、これに真《ま》っ向《こう》から反対したからである。

「木材に素人《しろうと》のわが社が、いきなり海外に木材加工工場を建設するのはリスクが大きすぎます。アイルランドの擂り身工場にしても、国内のかまぼこ業者に対する流通ルートを確立してからでないと、大変な誤算を生む恐れがあるんじゃないですか」

営業部門を管掌《かんしよう》する矢澤正助は、オーナー社長である高山玄太郎に対して、頑《がん》として反対を主張した。矢澤の激しい反対は、これ程の重要計画を、自分の耳へ一言も事前に入れてくれなかった、高山社長のワンマンに過ぎる姿勢に対するものだった。

「矢澤君よ。銀行から出向して来てくれている君は、商社というものを、まだよく理解しとらんのだ。勇気ある投資を恐れていたら商社経営など出来やしない。素人の君は、本件については私に任せて静観してりゃあいいんだ」

矢澤に出鼻をくじかれた高山は、社長の面子《メンツ》を傷付けられとばかり顔面を紅潮させて、相手を睨《にら》みつけた。

これがメインバンク出身の矢澤でなかったなら、ワンマン高山の怒りは炎《ひ》を噴《ふ》き放って天を衝《つ》いていたはずである。恐らく、発言者矢澤を喧嘩腰になってでも役員会議室から退場させていたに違いない。

だがさすがの高山も、メイン・バンクである極《きょく》陽《よう》銀行出身の矢澤には、そのような態度はとれなかった。

極陽銀行は、都銀の最下位行である。

その極陽銀行の営業部門を統括《とうかつ》する筆頭常務で、外為《がいため》に強い矢澤を招聘《しょうへい》したのは、誰あろう高山自身である。しかも代表権まで与えての招聘であった。

矢澤が関東貿易へ出向してから、すでに五年になる。当初高山社長は、出向ではなく『正規役員』としての招聘を望んだのであったが、極陽銀行は「矢澤はわが行にとってても欠かせぬ人材なので……」と首をタテに振らなかった。しかし五年も経つと、既に矢澤は『関東貿易の人間』になり切っていた。

高山社長が、メイン・バンクである極陽銀行に大物人材の招請を求めた当時、破竹の急成長を続ける関東貿易は、カネがいくらあっても足らぬ状態であった。

（この機会に、メイン・バンクとの結束を強化しておかねば……）

中堅商社から大商社へ脱皮するには、銀行の力を巧妙に利用するしかない、そう考えて高山は、極陽銀行の筆頭常務だった矢澤を、関東貿易の代表取締役副社長として迎えたのである。

（どうも……当初からいきなり矢澤を手厚く迎えすぎたな。それに、権限を与えすぎたのもまずかった）

高山は近頃になって、そう後悔し出している。何かといえば、自分の意思決定に水をさす矢澤の存在が、どうしようもなく鬱陶《うっとう》しくなり出していた。

矢澤の発言力を封じるため、高山はこの二、三年間で、極陽銀行からの借入金残を五分の一近くになるまで返済している。

だが、矢澤はすでに発行済株式の二十パーセントを手にする個人大株主であり、極陽銀行も九パーセントの株を手にしている。

高山は、オーナー経営者として三十パーセントの株を押さえる筆頭大株主ではあったが、矢澤の持株と極陽銀行の持株を合わせた二十九パーセントという数字を、不気味に感じていた。今に、何事かが起こるのでは、という気がしてならないのだ。

「ともかく社長、海外に直営工場を建設するという冒険は考え直して下さい。関東貿易は、あくまで販売会社に徹すべきです。商社が製造機能を持つと、ろくなことはありません。社長は、私のことを商社経営には素人だとおっしゃいますが、私もこの会社へ来て五年になります。いつまでも素人扱いされては迷惑ですよ」

金ぶち眼鏡《めがね》をかけた白髪痩軀《はくはつそうく》の矢澤副社長は、いかにも銀行出身らしい穏やかな口調で言った。

だが穏やかな中にも、高山に対する対決心をその目の輝きの中に覗《のぞ》かせている。居ならぶ重役たちは、固唾《かたず》を呑《の》んで二人のやりとりを見守った。かつて、高山に対して、これほど真正面から自己主張を貫《つらぬ》いた重役はいない。いつの場合も、重役会はワンマン高山の独壇場《どくだんじょう》であった。

高山は五十六歳、矢澤は五十四歳であったが、たった二歳しか違わないこの二人の印象は、あまりにも大きくかけ離れていた。矢澤の冷ややかで瀟洒《しょうしゃ》な紳士的風貌《ふうぼう》にくらべ、高山は脂《あぶら》ぎった下種《げす》な顔立ちをしている。

いわゆる成り上がり者特有の顔だ。

「矢澤君、この頃の君は、私の政策に対して少し口出しが多すぎやしないかね。メイン・バンク出身の君だから大目に見ているが、私にも我慢の限界というものがある。

私が本気で怒らぬうちに態度を改めたまえ」

「いいえ、社長、私は海外営業部をも管掌下に置く、営業統括部門の担当重役です。経営の足を引っ張る恐れのある政策に対しては、たとえ社長案といえども反対しますよ。それでなくとも、社長の政策は強引すぎるんですから」

「いい加減にしろ！」

堪忍袋《かんにんぶくろ》の緒《お》が切れたのか、高山がテーブルを拳《こぶし》で殴《なぐ》りつけ、凄《すさ》まじい形相《ぎょうそう》で立ちあがった。

突出した大きな眼球が、ギラギラと血走っている。その目で睨みつけられて、矢澤は一瞬、蒼白《そうはく》になってたじろいだ。

「今日の役員会は、これで打ち切りだッ」

高山が、椅子《いす》を蹴《け》るようにして、役員会議室から出ていく。

そのあとに、数人の重役たちが慌《あわ》てて続いた。

高山に、べったりと張り付いて、忠誠を尽くしている連中である。

役員会議室に、矢澤と三、四人の重役たちが残った。

矢澤自身が『副社長派』と認めている平取締役たちである。

その矢澤の視線が、腕組をして黙然と座ったままの一人の若い重役に気付いて、おや？　という表情を見せた。

　その男が、副社長派でないことは、はっきりしていた。

「どうした、黒瀬《くろせ》君、社長のあとに続かないのかね」

　矢澤に言われて、その若い重役は、刺すような鋭い目を矢澤に向けた。

　男は、関東貿易の最年少重役である、黒瀬哲彦《てつひこ》取締役社長室長だった。

　その浅黒く精悍《せいかん》な顔に、いかにも知的な活力が漲《みなぎ》っている。

「いや、これは失敬、気を悪くしないでくれたまえ」

　黒瀬に、じっと見据《みす》えられて、外様大名《とざまだいみょう》を自認する矢澤が、気後《きおく》れしたように言った。

「くだらない」

　黒瀬が、吐き捨てるように言って、立ちあがった。長身である。

　その黒瀬へ、矢澤副社長が足早に近付いていった。

「社長と副社長の葛藤《かっとう》は、確かに見苦しい。私も好んで社長に反発の姿勢を見せている訳じゃあないんだ。黒瀬君、近いうちに君とじっくり話し合いたいことがある。社長に内密で、私に時間をつくってくれる気はあるかね」

　矢澤は、食い入るように黒瀬の顔を見つめた。

黒瀬は、黙って頷《うなず》くと、矢澤に背を向けて役員会議室から足早に出ていった。

三十八歳の若さで取締役社長室長の座についた黒瀬は、ワンマン高山の側近ということで、社内でも一目《いちもく》置かれている。

いわゆる直参旗本《じきさんはたもと》だ。

日頃《ひごろ》は無口で物静かな黒瀬であったが、ひとたび会社ゴロや総会屋などと対決すると、ドスを含んだ強烈な個性を発揮する。

その鮮やかな変わり身が、重役や部課長たちの間で、確かな評価を得ていた。

そして、その評価が、黒瀬に対する一種の〈特別視〉を生んでいる。

ワンマン高山の懐刀《ふところがたな》であり、企業防衛の切り札であり、社内きってのキレ者という特別視をである。

「あの男、私の方へ靡《なび》くかな……」

矢澤は、ぽつりと呟くと、傍《そば》にいた三、四人の平取締役たちと顔を見合わせて、複雑な笑みを見せた。

2

黒瀬は自宅の茶の間でブランデーを舐《な》めながら、台所で立ち働く妻の夏子《なつこ》の後ろ姿を、暗い目で見つめていた。

そんな黒瀬に、五歳になる一人娘の美代《みよ》が絡《から》みついていく。

「パパ、お酒おいしい?」

幼い美代が甘えたような声を出すと、黒瀬は彫りの深い冷ややかな相好《そうごう》を崩して、美代の頭を撫《な》でた。

だが美代を見つめる目には、妻の後ろ姿を見つめる時と、同じ暗さがあった。

口元には一人娘に対する優しい笑みをたたえているが、目は笑っていない。

どこか悲しい陰気な光をたたえて、幼い娘を見据えている。

「お食事は、あなた?」

夏子が、食器を洗っていた手を休めて、黒瀬の方を振りかえった。

黒瀬は黙って首を横に振ると、テーブルの上の小皿にのっているチーズをつまんだ。

「体によくないのよ、お酒だけだと」

夏子が、眉《まゆ》をひそめて言った。ほっそりとした顔立ちの、美しい女である。

その優しい美しさには不似合いなほど、セーターを着た胸元が豊かに張っていた。

「健康にはご自分で気をつけて下さらないと……」

夏子はそう言うと、また忙しそうに、食器を洗い始めた。

黒瀬は、美代を膝《ひざ》の上にのせ、ブランデーを一気に呷《あお》り呑《の》んで、夜の庭先へ視線を移した。

五月の月明りが、眩《まぶ》しいほど庭に降《ふ》り注《そそ》いでいた。その白い明りの中で、海棠《かいどう》の若木が、薄紅色《うすべにいろ》の花を咲かせている。

「綺麗《きれい》な花だな、美代」

黒瀬は、娘の小さな頭の上に、自分の顎《あご》をそっとのせた。

黒瀬は、先天性の無精子症であった。

彼はその事実を隠して社長秘書だった夏子と結婚し、そして美代が生まれた。生まれるはずのない子が、生まれたのである。

夏子との結婚を勧《すす》めたのは、高山社長であった。当時、まだ社長室の秘書課長補佐でしかなかった黒瀬は、高山社長の勧めに、素直に従った。

媒酌人《ばいしやくにん》は、むろん高山である。

黒瀬は、夏子と高山社長との密《ひそ》かな関係を知っていた。知っていながら、彼は夏子との結婚を、承知したのである。

出世へのあくなき欲望が、社長の愛人との結婚を決意させたのだ。

(夏子と結婚するということは、社長に貸しをつくることになる。その貸しを武器にして、関東貿易でのしあがってやる)

内に烈《はげ》しい闘争心を秘めた黒瀬は、密かにそう計算していたのであった。

それに黒瀬は、夏子に充分魅力を感じていた。

社長の愛人と形容するには、夏子はあまりにも楚楚《そそ》とした控え目な印象の女であった。その印象に、黒瀬は強く惹《ひ》かれるものを覚えていた。

だがすべてを読んでいたつもりの黒瀬も、夏子が高山社長の子を宿していたことまでは見抜けなかった。

美代が生まれた時、さすがの黒瀬も、この宿命の子を呪《のろ》った。いっそ、高山社長に赤ん坊を叩《たた》きつけてやろうか、と考えたこともある。

その悶悶《もんもん》たる苦悩の中で、美代はいつの間にか五歳になっていた。そして黒瀬は、取締役社長室長にまで、出世した。社員たちは、黒瀬の出世を『**実力による当然の出**

世』と評価している。

もちろん黒瀬は、夏子との結婚や美代の出生を武器にして、高山社長にジワリと出世を迫った訳ではない。自分でも『実力による出世』と思っている。

つまり黒瀬の現在の地位は、彼自身も周囲の者も〈仕事の実力が高山に評価された当然の結果〉とまぎれもなく評価しているのだ。そう、まぎれもなく、だ。その意味では、高山に対する黒瀬の貸しは、まだ残っていると言えた。

夏子はしばしば「美代は日に日にパパに似てくるわね」と言う。その言葉に対して、黒瀬は一度も、邪険な反論を加えたことはなかった。

加えること自体が、彼にとっては苦痛だったのだ。

どう見ても、美代は自分には似ていない。その現実を振り払うようにして、夏子は美代のことを「パパっ子だ、パパっ子だ」と言うのであった。

今では幼い美代も、自分のことを、パパっ子だ、と思い込んでいる。そんな美代に対して、当初覚えた激しい呪いの気持は、知らず知らずのうちに黒瀬の胸中から消えていた。

だからといって、黒瀬は美代に対して、父親としての深い情愛を抱いている訳ではなかった。

彼の、美代に対する気持は、愛情というにはあまりにも寒寒としたものであった。その感情を、いずれ黒瀬は、高山社長に叩きつけるつもりでいるのだが……。

「パパ、お庭に出ましょう」

美代が、黒瀬の膝の上から立ちあがって、父親の肩を揺すった。

黒瀬が苦笑しながら、ブランデー・グラスを持ったまま立ちあがる。その空《あ》いた方の手を、美代の小さな手が握った。

そんな父子《おやこ》の方へ、チラリと視線を走らせた夏子の口元が、かすかに歪《ゆが》んだ。

その翌日の夜、黒瀬は矢澤副社長に、築地《つきじ》にある鰻《うなぎ》料理の老舗《しにせ》へ誘われた。

外様大名を自認しているとはいえ、極陽銀行の力を背後に置いて、名実ともに関東貿易のナンバー2にのしあがっている矢澤副社長である。この矢澤の権力に対して、野心家の黒瀬社長室長は日頃から重大な関心を払っていた。自分の出世に、矢澤の権力を利用出来ないか、という関心をである。

むろん黒瀬は、そんな打算を、露《つゆ》ほども表に出したことはない。いつの場合も彼は、取締役社長室長としての冷静さを欠いたことがなかった。

二人は、隅田川《すみだがわ》の流れが見える、二階の六畳の間で向き合った。

いくつもの提灯《ちょうちん》を飾った、どこかの料理屋の屋形船《やかたぶね》が、ゆっくりと川面《かわも》を下っていく。

「あんな船、まだあったのかね」

矢澤が蒸しタオルで手を清めながら、さもなつかしそうに目を細めた。

黒瀬は、屋形船になど、興味はなかった。彼が神経を研《と》ぎ澄《す》まして待っているのは、矢澤副社長が今夜何を言い出すか、ということである。

酒と鰻料理が運ばれてきた。

黒瀬は、矢澤に気を使わず、独酌で酒を呑み始めた。

彼は、矢澤のナンバー2の権力に関心はあったが、その柔和《にゅうわ》な紳士面《づら》の内側に隠されている冷酷で政商的な性格には、常に警戒心を払っていた。絶対に油断してはならない、という気がするのだ。社長室長ゆえの、神経の細かさではあった。

矢澤が、二十パーセントもの株を買い占めていたことが表沙汰《おもてざた》になったのは、つい最近のことだった。姓が同じではない自分の親族名義に分散し、着着と高山への反撃力を蓄《たくわ》えていたのだ。そして、ある日いっせいに自分名義に切り替えるや、高山社長に対する態度をガラリと変えた、と言うことである。

関東貿易の資本金は十五億円であり、その発行済株式数は三千万株になる。

矢澤副社長が、これの二十パーセントを手にしようとすると、市場における平均株価を百円としても六億円の資金が要《い》るはずであった。

いくら矢澤が、極陽銀行の筆頭常務の地位にあったとはいっても、それだけの金を右から左へ簡単に動かせるとは考えられない。

(株買い占めの資金は、恐らく極陽銀行の裏金から出ている)

黒瀬は、そう読んでいた。つまり、矢澤という個人を用いた、極陽銀行の乗っ取り戦略ではないか、ということであった。

「で、今夜のご用件はなんですか、副社長」

黒瀬は、何杯目かの盃《さかずき》を呷りながら訊《たず》ねた。黒瀬は酒に強い。崩れることは決してない。

矢澤副社長の表情がとまった。それまでの柔和な気配が消え、黒瀬を捉《とら》える目に険《けわ》しさを覗かせた。

「ご安心下さい、副社長。私は派閥には興味はありません。取締役社長室長という職務には忠実であっても、高山社長の分身でもなければ間者《かんじゃ》でもありません」

黒瀬は態《わざ》と**間者**《かんじゃ》と言う表現を用いた。

「君のその言葉を待っていた。ここへ君を誘った以上、その言葉を信じて話すしかないからな」

矢澤はそう言うと、表情を弛《ゆる》めて黒瀬の盃に酒を注《つ》いだ。

黒瀬は軽く頭を下げた。

「ご用件をおっしゃって下さい。単刀直入に……」

「いいだろう。なあ黒瀬君、私は高山社長の強引な経営がこれ以上続くと、関東貿易はそのうちジリ貧状態に陥《おちい》ると思うんだ。社長の意思決定には科学的根拠が全《まった》くない。ただがむしゃらに突撃指令を繰り出すだけだ。カナダの木材加工工場の件も、アイルランドの魚肉擂り身工場の件も、私に言わせれば自殺行為だ。関東貿易は製造部門を持たず、販売商社に徹すべきだよ。そうは思わないかね」

「したがって、そういう突撃的な意思決定しか出来ないワンマン社長は放逐《ほうちく》した方がいい、そうおっしゃりたいのでしょう。そしてその放逐指令は極陽銀行頭取室《とうどりしつ》から出ている。違いますか」

「君……」

「副社長の株の買い占め資金も、極陽銀行の裏金から出たのでしょう。私だけじゃなく、高山社長だってそれくらいのことは、恐らく気付いているはずですよ。社長はすでに矢澤副社長放逐を、真剣に考えていると思います」

言われて、矢澤の顔色が変わった。

「私を放逐することについて、高山社長はすでに具体的な動きを見せているのかね」

そう言う矢澤を見て、黒瀬はわずかに口元を歪めて笑った。

「銀行の権力をバックに持つ矢澤副社長も、やっぱり高山社長の力は怖いとみえますね」

「何もかも話そう、黒瀬君。率直に言って、極陽銀行は販売力に強い関東貿易を、完全な系列下に置くことを考えているんだ。だが現在の関東貿易は、無借金経営に近く、メイン・バンクの立場で圧力をかける余地がない。だからこそ関東貿易が欲しいのだ。私名義による株買い占めは、そのための一つの策に過ぎない」

「なるほど。で、完全な系列下に置きたいとする、真の狙《ねら》いはなんです?」

「中堅商社の大合同だよ。極陽銀行は今、五つの中堅商社を相手にメイン・バンクとして取引している。このうち関東貿易の販売力が群を抜いて光っている」

「大合同……ですか」

呟いた黒瀬の双眸《そうぼう》が、鈍《にぶ》く光った。

「五社のうち二社は軽症の赤字経営だが、残り三社の財務内容は手堅い。君も知っていると思うが、都銀最下位の極陽銀行は、有力商社を一社も持っていない。頭取は、極陽の面子《メンツ》にかけても、有力商社を一つぐらいは育てたいと言っておられるんだ」

「ちょっと耳にはさんだ噂《うわさ》では、極陽銀行の海外支店の業績が、相当悪いようですね。頭取は五社大合同によって、基盤の強い有力商社を形成し、極陽の海外支店を積極的に活用させようと企《たくら》んでいるんじゃないのですか。極陽の面子にかけても、海外支店網は消滅させる訳にはいきませんからね」

「うーん。その若さで取締役社長室長を務めるだけあって、厳しい見方をするねえ。確かに君の言う通りだよ、黒瀬君」

「五社大合同の柱となる会社は？」

「当然、関東貿易だな。資本金の規模は五社ともほとんど変わらないが、総合力から見て関東貿易が柱になる。表向きは対等合併だが、実質的には関東貿易が四社を吸収するかたちになる計画だ」

「そして、矢澤副社長は、その新会社の社長になる？」

「いけないかね。新会社は株主割当増資や第三者割当増資などで増資をして、二百億円前後の資本金になると思う。資本金二百億と言えば腰が強いと見られる会社だよ。私が社長になる野望を持っていたって、少しもおかしくはあるまい」

「あ、まあ、そうですね……」

頷く黒瀬の目が、また鈍く光った。

「私の結論を言おう、黒瀬君。高山社長放逐の確《しっか》りとしたデータが欲しいのだ。私利私欲の旺盛《おうせい》な高山社長のことだから、会社のカネを相当、私用に注ぎ込んでいるはず。だが社長は経理部門をがっちり自分の直轄下《ちょっかつか》に置いているから、調べようにも私には手が出せない。だが君なら、社長の自分勝手の一つや二つ握っているはずだ」

「それは無理です。社長のプライベートな動きは、社長秘書にしか判りません」

「その秘書を管理監督しているのは、社長室長である君じゃあないか」

「組織的にはそうです。確かに私は、各役員の秘書十一名を直接指揮下に置き、そのほかに監査課、渉外課、広報課をも管理監督しています。しかし社長秘書は、いわば治外法権でしてね。私の管理監督権も現実には食い込めないのです」

「う、うむ、そうか……そうだったな」

「ですが是非《ぜひ》にとおっしゃるなら動いてみましょう。ただし、その見返りをズバリ此処《ここ》で示して下さらないと」

「むろんだ。もし高山社長が放逐出来たら、五社大合同の暁《あかつき》には、君を新会社の専務に抜擢《ばってき》する」

「専務ですか……いいでしょう。動いてみますよ。恐らくご期待に添えると思います」

黒瀬は、無表情のまま言うと、暗い隅田川の流れに沈んだ視線を向けた。

3

大手町《おおてまち》セントラルホテルのロビーは、外国人客で賑《にぎ》わっていた。その賑わいの中を、夏子が俯《うつむ》き加減に歩いていく。

スラリと気持よく伸びたボディ・ラインが、幾人かの白人男性の目を惹《ひ》いた。

「それじゃあ、此処でお別れ致します」

夏子が、前を歩いていく肥《ふと》った赤ら顔の男に、そっと声をかけた。

男が振りかえって頷いた。

高山玄太郎だった。

「まさか君から電話があるとは、思ってもみなかった。これからも、ときどき会おう。どうかね？」

「ご迷惑でありませんでしたら……」

「子供はどうしている。元気なのか」

「はい、明るい子に育っています」

「黒瀬は、気付いていないだろうな」

「ええ、恐らく……」

「気付かれてはならん。あれは君と黒瀬の間に出来た子だ。私の子じゃあない。その考え方を絶対に捨てないようにしなさい。いいね」

高山はそう言い残すと、夏子から足早に離れていった。

夏子が、ロビーの隅の方に向かって、悄然《しょうぜん》とした足取りで歩いていく。

その夏子へ、サングラスをかけた長身の男が、スッと寄り添うように近付いていった。

黒瀬であった。

二人は無言のまま肩を並べると、エレベーターに乗って、予約してあった五階のスイートルームへ入っていった。明るい窓一杯に、皇居の森が広がっている。

「いやな思いをさせたな」

黒瀬はソファに体を沈めると、煙草《たばこ》をくゆらせながら、紫煙《しえん》の間から青ざめた夏子の顔を見つめた。その目が冷えきっている。

それはいっさいの感情を凍結させた、非情の目の色であった。

「あなたは、私と高山社長との関係を最初から知っていて、結婚したのね」

夏子は、白い指先で目尻《めじり》を拭《ぬぐ》った。肩が震えていた。

「知っていた。何もかもね。だからこそ今回の策を思いついたんだ。しかし、かつて社長と関係を持っていた君を、今さら恨《うら》む気などない。恨むんなら、最初から君と結婚などしないよ」

「私は結婚以来、いい家庭をつくろうと、あなたに尽くしてきました。そんな私を、あなたは冷ややかに眺めていたのね。そして自分の目的のために利用した」

「この六年間、君が素晴らしい妻だったことは認める。君が好きか嫌いか、と問われれば、好きだと答えるだろう。だが、たった一つだけ許せないことがある」

「おっしゃって下さい。結婚前の私の生活はともかく、あなたと結婚してからの私は、自分に恥じることは何一つしていません」

きっぱりと言い切って、夏子は下 唇《したくちびる》を嚙《か》みしめた。

黒瀬の顔に、険しさが増した。

「君は自分の口から言えないのか。幼く可愛い美代が高山社長の子だということを」

「あッ」

夏子の顔が、蠟《ろう》のように真っ白になって、ひきつった。血の気《け》の失《う》せた唇が、わなわなと小刻みに痙攣《けいれん》している。

激しい衝撃が、夏子を襲っていた。

「なんてことを、おっしゃるの。美代は……」

「違う。私の子じゃない。私は先天性の無精子症だ。私には、君に子供を生ませる能力など初めからない」

「なんですって……無精子……」

「社長の愛人だった君を妻に迎えたのは、確かに私の意思だ。しかし私は、宿命の子を持とうとまでは思っていなかった」

夏子が両手で顔を覆って、声を殺し泣き出した。

黒瀬は、天井にゆらゆらと立ちのぼっていく紫煙を、熟《じ》っと目で追った。

窓の外は、まだ陽光の降りしきる五月の真昼であった。この明るさの中で、黒瀬は妻に、高山社長との真昼の情事を迫ったのである。

夏子は、出世の野望を抱いている夫の要求を断れなかった。何も知らないだろうと思っていた夫が、自分と高山社長との関係を知っていたのだ。

「泣くな、今さら泣いても仕方がない。それよりもテープを出せ」

「あなたは、初めからご自分の出世を緻密《ちみつ》に計算して、社長と関係のあった私を妻に迎えたのね。そうなんでしょ、あなた」

「私は、テープを出せと言ってるのだ。君と出世論争をしているヒマはない」

黒瀬は低い声で、語気鋭く言った。

夏子は、ハンドバッグの中から、小型の録音装置を取り出した。

「うまく聞き出せたのか」

黒瀬が問うと、夏子は濡《ぬ》れた顔をハンカチで拭《ふ》きながら頷いた。

黒瀬は、小型録音装置を摑《つか》んで立ちあがった。

夏子が、目のふちの化粧の落ちた顔で、黒瀬を見上げた。

「あなた、ひと言だけ言って下さい。私たち、これからどうなるの」

「どうもなりはしないよ。今まで通りだ。君と別れる気があるなら、六年もの長い間、耐《た》えてきやしない。今日は美代を幼稚園の先生に預けてあるのだろう。早く帰ってやれ。あの子は……私も可愛く思っている。これは本心だ」

黒瀬は、そう言うと、夏子に背を向けてスイートルームから出ていった。

夏子は夫の後ろ姿を、悄然《しょうぜん》と見送った。

(鬼のように、恐ろしい人……)

夏子は、夫のことを正直そう思った。何も知らないと思っていた夫が、六年もの間、醒《さ》めきった目で自分を見つめていたのである。ショックであった。

そんなこととは知らずに、懸命に夫に忠誠を尽くしてきた自分が、哀れに思えた。結婚前の自分の生活にひけ目を感じていたからこそ、黙黙と夫につかえてきたのだ。美代を生んだことの罪の意識は、さらに過酷なものであった。心の中で夫に謝罪しながら、必死になってこの六年間を過ごしてきた夏子である。

だが夫は、美代の出生の秘密まで、知っていた。

（ひどすぎる……）

夏子は、よろよろと立ちあがった。知っていたなら、いっそのこと、もっと早く罵《ば》倒《とう》するなり殴るなり別れ話を持ち出すなり、してほしかった。

六年ぶりに触れ合った高山の執拗《しつよう》な愛撫《あいぶ》が、ふと脳裏《のうり》をよぎる。その愛撫にもだえるそぶりを見せながら、彼女は高山の秘密を巧妙に聞き出したのであった。

社長秘書時代、夏子は高山のドス黒く汚れたプライベートな部分に、しばしば触れている。

ワンマン高山にとっては、会社のカネを私用に使うことなど、日常茶飯事《さはんじ》であった。高級官僚への饗応《きようおう》、政治家への裏献金、田園調布《でんえんちようふ》高山邸の新築、私用車ロールスロイスの購入、軽井沢《かるいざわ》別荘の建築、そして投機による利殖《りしよく》など、夏子が知るだけでも、高山は百数十億円もの会社のカネを、個人の立場で動かしている。

その具体的な裏付けを、情事という手段を使って、摑んだのだ。

日頃から用心深い高山は、相手が夏子でなかったら、自分の秘密を漏らすような油断は見せなかったに違いない。だが夏子は、現役の秘書時代、高山のプライベートの部分に深くかかわっていた情婦である。時には、多額の金銭授受の場に、付き合ったこともあった。

だからこそ高山は、油断を見せたのだ。

(夫は高山社長に復讐を企《くわだ》てているに違いない。夫と高山社長との対決が表に出たなら、美代の出生の秘密が、世間に知られる恐れがある)

それだけは、どんなことがあっても食い止めねば、と夏子は思った。

夏子は、美代が不憫《ふびん》でならなかった。夫が、醒めた目で娘を眺めていることは、もう間違いのない事実である。だが幼い美代は、心底から父親を慕い、甘えている。

(美代を守ってやらなければ……)

夏子は、錯乱した気持のままホテルを出ると、皇居の濠《ほり》に沿ってトボトボと歩き続けた。

五月の空は、どこまでも青く晴れわたっていた。

4

朝から陰気な雨が降っていた。息苦しさを感じる、粘りのあるいやな雨だった。

黒瀬は窓際に立って、その雨をじっと眺めていた。

鉛色《なまりいろ》の雲が、空一面を覆っている。

二十五名の部下たちが、黒瀬の背後で忙しそうに動きまわっていた。この二十五名のうち十一名が、各役員を補佐する女性セクレタリーである。

彼女たちは秘書課長の指示を受けて午前九時半に各役員のところへ散っていき、午後四時半には戻ってきて秘書課長に業務報告をし、ディスカッションをするのだった。

秘書課以外の監査課、渉外課、広報課はほとんど男子である。

「秘書たちの配置を終えました。今日は管理部門担当の浅井《あさい》重役が風邪《かぜ》でお休み以外は、すでに各重役とも出社されておられます」

秘書課長が、黒瀬のところへいつも通り報告に来た。

黒瀬が、腕時計にチラリと視線を走らせて頷く。そのそぶりに、取締役社長室長としての自信が漲《みなぎ》っていた。

「社長は？」

「たった今お見えです」

「そうか、ありがとう」

黒瀬は、活気の溢《あふ》れている部屋から出ると、青い絨毯《じゆうたん》の敷きつめられた廊下を、社長室の方へ向かって、ゆっくりと歩いていった。両手をズボンのポケットに入れ、まっすぐに足を伸ばして歩くその姿勢に、ある熱気がこもっている。

双眸には、さらに鋭い険《けん》があった。

彼は、高山玄太郎に対して、大きな勝負に出るつもりだった。自分の出世を賭《か》けた勝負にである。

黒瀬は、社長室の前に立つと、ドアをノックし、高山の応答を待ってから、部屋の中へ一歩踏み込んだ。出社したばかりのワンマン高山が、ソファに体を沈めてモーニング・コーヒーを呑《の》もうとしているところだった。

「おはようございます、社長」

黒瀬は、丁重《ていちよう》に頭を下げると、高山と向き合ってソファに腰をおろした。

高山がコーヒーを啜《すす》りながら、「ああ」と短く答える。

「朝早くから申しわけありませんが、実は重大な情報を耳にしたものですから、ご報告にあがりました」

「重大な情報?……」

コーヒーを啜っていた高山が、上目遣《うわめづか》いで黒瀬を一瞥《いちべつ》した。アルコール好きが災いして、白目が薄汚なく濁《にご》っている。ブランデー好きの彼は毎晩のように、銀座の高級クラブで、ペルフェクションだのルイ13世だのを呑みまくっていた。前者の市場価格などは消費税抜きで一本、二四〇万円近くする。

黒瀬が言った。

「業界紙の記者から聞かされた不確実な情報ではありますが、極陽銀行がどうやらメイン・バンクとしての力をふるって、中堅商社五社の大合同を画策しようとしているようですよ」

「なにっ、中堅五社の大合同だと!」

高山が、ギョッとしたような反応を見せた。

黒瀬が口にした、業界紙記者からの情報、というのはもちろん嘘《うそ》である。彼は、矢澤副社長から聞かされた話を、そのままストレートに高山にぶっつけたのだった。

脂《あぶら》ぎった高山の赤ら顔は、はや憤怒《ふんぬ》の様相を見せていた。

「詳しく話してくれんか、黒瀬君」

「はい。その記者の話ですと、極陽は矢澤副社長を担ぎ出し、メイン・バンクとして取引している中堅五社を統合して……」

黒瀬は、落ち着いた口調で、矢澤副社長から聞いた極陽の謀略を、高山社長に詳しく打ち明けた。

それを聞く高山の赤ら顔から、みるみる血の気が失せていった。

その顔色を見て、黒瀬はハラの中で、ほくそ笑んだ。彼の計算通りに、高山は感情を激変させていた。

「矢澤の奴《やつ》……」

黒瀬の話をひと通り聞き終えた高山が、膝の上で握りしめた拳を、ぶるぶると震わせた。

「不確実な情報とはいえ、極陽と矢澤副社長のこの謀略は、まず間違いないと見るべきです。しかし相手に直接怒りをぶっつけるのは避けて下さい。あくまで知らぬふりをして、こちらも対抗手段を打つのです」

「何かよい策でもあるのか」

「今では当社は無借金経営に近く、そのため極陽のメイン・バンクとしての立場は、形骸化《けいがいか》しています。とはいえ極陽と矢澤副社長の持株を合算した二十九パーセントという持株比率は、社長に次ぐナンバー2ですから、強力な手を打たねば五社合同の渦《うず》にまき込まれかねません。そこで……」

黒瀬は言葉を切ると、社長の前であるにも不拘《かかわらず》、煙草をくわえた。

チラッと眉をひそめた高山がライターの火を差し出す。

ワンマン高山が、自分以外の者に対してライターの火を差し出したことは、かつてなかった。

珍しいことであった。

「まず極陽以外から直《ただ》ちに巨額の融資を受けて新メイン・バンクをつくるのです。第二に、その新メイン・バンクの仲介で、業績のよい小型商社をいくつか吸収し、新関東貿易なるものを創《つく》って、そのトップに高山社長が座るんですよ」

「うむ、ちょっと面白《おもしろ》いな。極陽の策をこちらが頂いて先手を打つ訳か。で、策を打つに適当な銀行や商社は調べてあるのかね」

「未上場で成績のよい小型商社を八社ばかり抱えている銀行に、地銀トップの神奈川《かながわ》第一中央《だいいちちゅうおう》銀行があります。地銀とはいっても、資金量の比較では都銀最下位の極陽より遥《はる》かに力がありますから、手を組む相手としてはいいのではありませんか」

「さすが君だ。手まわしがいいな。神奈川第一中央銀行なら、私が懇意《こんい》にしている大蔵省系議員の線で、手が組めるかもしれん。さっそく進めてみよう。業績のよい小型商社をいくつか吸収して、新関東貿易を創るという野心は、実は私もかねてから持っておったんだ」

「小型商社の吸収が成功したなら、次に裏切り者の矢澤副社長を、放逐する必要があります。しかし実際問題として代表権を持ち、かつ極陽銀行をバックに置く大株主の矢澤副社長を追放することは、かなり難しいのではありませんか。そこで高山社長は新関東貿易のトップに座るや否《いな》や、矢澤副社長の押さえ役として、高山新社長に絶対忠誠を誓える人物、つまり私を代表取締役副社長に据えるのです」

「なにっ。君を代表権を付けた副社長にか！」

ワンマン高山は、余りにも無表情に淡淡と話す黒瀬の顔を一瞬、あきれたように見つめた。

「図に乗るのはいい加減にしたまえ、黒瀬君。いくら実力があるとはいえ、君はまだ若僧だ。君の上にはまだ生え抜《ぬ》きの常務やら専務がいる。調子に乗るんじゃない」

高山が、激しい口調で黒瀬を叱《しか》った。

「いいえ、社長……」

黒瀬は静かに首を横に振ると、高山を見据えながら立ちあがった。

「いいですか社長。今私が話した対抗策は必ず実現させて下さい。そして新関東貿易の代表取締役副社長には必ず私を置くんです。年など問題ではありません。私の上に生え抜きの専務や常務がいたって構わない。社長が創業なさったこの会社を大事と思うなら、必ず私を副社長に置くことです。代表権を付して……よろしいですね」

「おい君、気でも狂ったのか……」

「いいえ、冷静で正気ですよ。この六年間、私はずっと冷静で正気でした。だからこそ、妻が生んだ社長の子を、今日まで大切に育ててこれたのです。社長の子をね……」

言われて高山が、ウッ、と呻《うめ》いた。コーヒー・カップを持つ手が一瞬大きく震えて、顔色がたちまち蒼白になっていく。

彼の濁った目は、くわっと見開かれて黒瀬に集中していた。

黒瀬は、立ったまま高山を冷然と見据え、背広のポケットから小型録音装置を取り出した。

「六年ぶりに私の妻を抱いた感触は、どうでしたか、社長。妻が社長の漏らされた背任行為を、情事の場でこれにすべて録音してくれましてね」

黒瀬は、小型録音装置のスイッチを入れた。それを聞く高山の蒼白な顔が、いっそう硬直していく。

額《ひたい》には玉のような脂汗が噴き出していた。

「お判りですね、社長。くれぐれも私を新関東貿易の代表取締役副社長に……それですべてが、丸くおさまるのです。すべてが丸く」

黒瀬は小型録音装置のスイッチを切ると、高山に対し丁重に一礼をして、社長室から出ていった。

5

黒瀬は両天秤《りょうてんびん》の勝負に、打って出たのだった。それがどれほど危険な行為か、承知の上であった。

ワンマン高山と矢澤副社長の策略的な性格を考えれば、そのどちらの『誘いの言葉』も信用する訳にはいかないのである。甘い蜜《みつ》には毒がある、だ。

どちらに対しても、必殺の武器を持って対応する必要があった。

その一つが小型録音装置であった。

加えてワンマン高山に対しては、幼い美代という絶対的な切り札がある。

高山玄太郎は、黒瀬の提案した案を実現するため、密かに動き出さざるを得なかった。

反逆の牙《きば》をむいた黒瀬に対しては怒りを覚えたが、高山はその怒りの感情を懸命に抑えた。

黒瀬が、自分の血を分けた子を育て、しかも小型録音装置という切り札を持っている以上、迂闊《うかつ》には『打ちのめす』手は出せない。

くやしくとも、黒瀬の首を切ることの決め手が、高山の手の内にはなかった。

日が七日、十日と過ぎていく——。

そんな中で、矢澤は矢澤で、高山社長と黒瀬に対する警戒を深めていた。

思い切って極陽銀行の策謀を黒瀬に打ち明けはしたものの、矢澤は黒瀬を全面的に信じている訳ではなかった。

黒瀬という人間が、自分の利益次第では、どちらの陣営にでも傾く野心的な性格の持ち主であることを、矢澤はすでに見抜いていた。

だからこそ、新会社の専務の地位を約束するという餌《えさ》を、投じたのだ。

若く五感の鋭い黒瀬は、自分の勝利を確信していた。

矢澤派、高山派、どちらの策略が実現しても、彼は大幹部の地位を手にする可能性を摑んだのだ。そう、黒瀬は思っている。

高山社長が、もし自分に背を向けるような気配を見せたなら、黒瀬は肌身離さず持っている切り札の小型録音装置を、思い切って矢澤に手渡すつもりだった。

そんなある日のことである。

一日の仕事を終えた黒瀬は会社を出たところで、タクシーを拾おうとして立っていた。腕時計の針は、すでに午後九時を過ぎている。

彼はさすがに、今日一日の疲労を覚えていた。

と、一台の黒塗りの高級車が、音もなく彼の傍《かたわ》らに滑り込んできて止まった。

「黒瀬重役さんですな、関東貿易の」

車のドアがあいて、人品卑《じんぴんいや》しからぬ老紳士が、降りてきた。穏やかな笑みを浮かべている。

「ええ、そうですが……」

「お乗りになって下さい。怪しい者ではありません。さ、どうぞ」

老紳士は、黒瀬の肩にそっと手を置いた。危害を加えそうな人物でないことは、ひと目見て判った。それに、怯える素振《そぶ》りなど相手に見せたくも悟られたくもない、という虚勢の気分もあった。

黒瀬は、頷いて車に乗った。

車が静かに動き出す。

その光景の一部始終を、少し離れた薄暗がりの中でじっと見つめている人物がいたのを、黒瀬は気付かなかった。

高山玄太郎である。

彼は、車が次第に闇《やみ》の彼方《かなた》に溶け込んでいくのを、身じろぎもせずに見送りながら、いつまでもその場に佇《たたず》んでいた。

「ところで、あなたは？」

黒瀬は、煙草に火を点《つ》けながら訊ねた。車の前部シートと後部シートの間が、透明な強化プラスチックで完全に遮断されている。つまり運転席・助手席に話が漏れない拵えに、なっているのだった。このことから考えても、相手はかなり社会的地位の高い人物と思えた。

「どうです。どこかで盃でも交わしませんか」

「いいえ、今夜はいささか疲れています。どうか、ご身分とご用件を……」

「そうですか、では車の中でお話しすると致しましょう」

老紳士はそう言うと、前部シートの背についていたボタンを押して、適当に走ってくれ、と運転手に指示した。

インターホンになっているのだろう、運転手の返事がかえってきた。

「私は、実はこういう者なんですよ、黒瀬さん」

老紳士は、真顔で黒瀬の顔を見つめると、名刺を取り出して、黒瀬に手渡した。

それを見て、黒瀬がアッと低い叫び声を漏らした。

彼の目は、信じられないように相手を見返した。

「田倉《たくら》頭取……」

黒瀬は、そう呟いて、絶句した。

相手の紳士は、高山が接触を開始しているはずの、神奈川第一中央銀行頭取、田倉宗充郎《そうじゆうろう》だったのである。

「高山社長とは、これまでに五度ばかりお会いして、わが神奈川第一中央銀行が極陽に代わるメイン・バンクになることで話がつきました。それと小型商社の吸収合併の件も実現の方向で」

「そうでしたか、それはよかった」

「我我も仕事柄、関東貿易や高山社長のことは、徹底的に調べさせて頂きました。その結果、取締役社長室長のあなたが抜きん出た人材であるということと、高山社長にいささかのキナ臭さがあることが判って参りましてね」

「ほう……」

「ざっくばらんに用件を申し上げましょう、黒瀬さん。神奈川第一中央銀行は関東貿易の今後の成長に全面的協力を約束しますが、高山社長の問題点については、事前に確実に把握しておきたいのですよ。それには取締役社長室長のあなたに接触するのが一番だと考えた訳でしてね」

「随分と大胆ですね。もし私が高山社長に、頭取が接触してこられたことを打ち明けたら、どうなさいます」

「まあ、そう意地悪を言わないで下さい。経営者の問題点を事前に正しく把握しておくことは、我我銀行家の仕事なんです。黒瀬さん、ひとつ私に貸しをつくって下さらんですか。私に貸しをつくっておいて損はない。いずれ大きなお返しをする時期が、必ず来ると思いますよ」

「貸し……それに大きなお返し……ですか」

呟く黒瀬の表情が、暗い車内で変化した。

長い沈黙が続いた。

車は、夜の大都会を当てもなく走っていた。

黒瀬は、その車の揺れに体を任せながら、緻密な計算を急いだ。

「判りました。宜しいでしょう、田倉頭取」

やがて黒瀬は、決心したように頷くと、背広のポケットから例の小型録音装置を取り出して、田倉頭取の膝の上にそっと置いた。

「それには高山社長のキナ臭い核心の部分が吹き込まれています。私にとっては非常に大事なものなのですが、頭取を信じてお預けしましょう」

「なるほど、これに……」

田倉は、半《なか》ば怪訝《けげん》な表情を見せながら、小型録音装置を手にとって眺めた。

「その代わり、新会社が立ち上がっての人事で、頭取にお力を貸して頂きたいことがあります。いずれ改めてお願いにあがりますので、その時はぜひ……」

「いいでしょう。私を信じて下すった御礼に、出来る限りのことは致しますよ」

田倉は、そう言って柔和な笑みを見せると、黒瀬の膝を軽く叩いた。

黒瀬の心が、安堵《あんど》し躍《おど》った。

田倉宗充郎という強力な人物と、直接の貸借関係が出来たのだ。

そのうえ、高山や矢澤から受ける印象とはまるで違う老紳士の上品な印象が、黒瀬の田倉頭取に対する信頼感を決定的なものにしていた。
だが――。

翌朝、黒瀬は出社すると、すぐに社長に呼ばれた。いつもは午前十時にならないと出社しない高山が、今日に限って黒瀬よりも早く出社していた。

高山は上機嫌であった。秘書に紅茶を二ついれさせ、それに社長室に備えつけの超高級ブランデー・ペルフェクションを注いで黒瀬に勧めた。

「ご機嫌ですね、社長」

黒瀬はそう言いながら、本能的なある不安に、ふっと襲われた。

「黒瀬君、世の中に捨てる神あらば拾う神もあり、とはよく言ったもんだよ」

「は?」

「昨夜遅く、これをある人物から一億円で譲り受けてね」

高山は、何か固い物が入っているらしい茶封筒を、ゴトリと音をさせてテーブルの上へ置き、ニヤリとした。

黒瀬は、手を伸ばして茶封筒を取り上げると、中を覗《のぞ》いて声にならぬ呻きを発した。その顔から、たちまち血の気《け》が失せていく。

茶封筒の中に入っていたのは昨夜、田倉頭取に手渡したはずの、あの小型録音装置であった。

高山は、それを一億円で手にしたと言うのだ。

（しまった！　田倉に一杯くわされた……）

黒瀬は、下唇を噛んで高山を睨《にら》み返《かえ》した。

「それは君に返しておこう。むろん吹き込まれた声はすべて消しておいた。代わりにクラシック・ミュージックを吹き込んでおいたよ」

高山が黄色い歯を見せて高笑いした時、ドアをノックして矢澤副社長が入ってきた。

「あ、矢澤副社長、ちょうどいいところへ来た。今、黒瀬君に、神奈川第一中央銀行と極陽銀行の共同作業による五社プラス三社合同の、大プロジェクトを説明しようとしていたところだ。君も同席してくれ」

「えっ、五社プラス三社……」

黒瀬は大きく目を見開いて驚くと、よろめくようにしてソファから立ちあがった。

その黒瀬に、矢澤が陰湿な笑みを見せて近付いた。

「黒瀬君、今社長が言われた通りだ。関東貿易は両銀行下にある八社を一気に吸収する。神奈川第一中央、極陽両銀行のトップ会談で手打ち式が行なわれてね。私と社長も仲良く肩を組んで、この大プロジェクトに挑《いど》むことになった。新関東貿易の会長に高山社長が、そして社長には私がなる。もちろん二人とも代表権を持ってだ。私が持っていた株の半分以上は、田倉頭取にお譲りすることになった。それにしても黒瀬君、君は若僧の分際《ぶんざい》で、いささかドス黒い野心を持ちすぎたねえ。野心実現には知恵とカネ以上に経験がなきゃあ駄目《だめ》だよ。若僧の知恵だけで大物を操ろうったって、そうはいかない」

「くそっ」

黒瀬は顔を赤らめて、高山に迫った。その黒瀬の肩を、矢澤が両手で強く突き返す。

ワンマン高山が勝ち誇ったように、立ちあがった。

「決め玉を失《な》くしたな、黒瀬君。それとも幼い一人娘とかを武器にして、立ち向かってくるかね。それならそれで受けて立とうじゃないか。君の奥さんとの不祥事は、すでに両銀行の頭取にも打ち明けてある。経営に多忙な大物は、この程度のスキャンダルには食指を動かさんよ。あきらめることだな」

高山が、そう言い終えた時、黒瀬の強烈な鉄拳《てっけん》が、高山の顎《あご》に炸裂《さくれつ》した。

慌てて止めに入った矢澤のボディにも、フックが食い込む。

怒りと訣別《けつべつ》を叩き込んだ黒瀬のパンチであった。

二人の策士が、もんどり打って床に叩きつけられた。


会社を飛び出した黒瀬は、街中《まちなか》を当てもなく歩きまわった。「負けた……」と彼は思った。カネの背後に権力があり、権力の背後にカネがある、という思いが改めて胸を締めつけてきた。

彼は、知恵を過信した自分の力の限界を、噛みしめた。

「帰るか……」

黒瀬は、一時間ほど歩きまわったあと、駅へ向かった。

彼は、もう二度と、関東貿易へ顔を出す気はなかった。もはや高山と矢澤を敵にまわす気力もない。

気力を失くした重い体で自宅近くまで帰ってくると、向こうから夏子に手をひかれた美代が、午前中組の幼稚園から戻ってくるところだった。

「あ、パパだ……もう帰ってきたあ」

美代が、黒瀬を見つけて、にこにこしながら駈《か》け出《だ》した。

黒瀬は立ち止まり、両手を前に出して、幼い娘を待った。その顔が真剣であった。

美代が、黒瀬の腕の中に飛び込んだ。

その瞬間、鮮烈な熱いものが黒瀬の全身を貫いた。

彼は、力をこめて、美代を抱きあげた。どうしてだか判らなかったが、彼の目に涙の粒が湧きあがった。

美代が、嬉《うれ》しそうに、自分の頬《ほお》を黒瀬の頬に押しつける。

温かな小さな頬であった。

「本当にパパっ子だな、お前は……よしよし」

黒瀬はそう言って幼子の顔を幾度となく撫でてやった。それは初めて彼が心の底から口にした、言葉であり行為であった。

夏子が、自宅の門の前に立って、そんな父子をじっと見つめている。

彼女は知らなかった。

今黒瀬の胸中に、熱いものが、音をたてて流れていることを。

「お前は本当にパパっ子だ、うん」

黒瀬は、美代を両手で天まで届く程に高くあげてやり、白い歯を見せて笑った。美代も笑った。

夏子が、夫に向かって駈け出した。彼女の耳に、夫の今の言葉がはっきりと届いていた。

「ママー」

美代が、近付いてくる母親に向かって、手を振る。

夏子も手を振った。

(これでいい。これで……)

黒瀬は、確信的に、そう思った。目に更なる涙が込みあがってくるのを、抑《おさ》えられなかった。勝ったのは俺なのだ、黒瀬は思わず、そう思った。胸の内に明るくやさしい一条の光が差し込んだような気がした。

（本書は平成九年十二月、光文社より刊行された作品に、著者が刊行に際し加筆修正したものです）

一〇〇字書評

切り取り線

購買動機（新聞、雑誌名を記入するか、あるいは○をつけてください）

□（　　　　　　　　　　　）の広告を見て	
□（　　　　　　　　　　　）の書評を見て	
□ 知人のすすめで	□ タイトルに惹かれて
□ カバーが良かったから	□ 内容が面白そうだから
□ 好きな作家だから	□ 好きな分野の本だから

・最近、最も感銘を受けた作品名をお書き下さい

・あなたのお好きな作家名をお書き下さい

・その他、ご要望がありましたらお書き下さい

住所	〒				
氏名		職業		年齢	
Eメール	※携帯には配信できません		新刊情報等のメール配信を 希望する・しない		

この本の感想を、編集部までお寄せいただけたらありがたく存じます。今後の企画の参考にさせていただきます。Eメールでも結構です。

いただいた「一〇〇字書評」は、新聞・雑誌等に紹介させていただくことがあります。その場合はお礼として特製図書カードを差し上げます。

前ページの原稿用紙に書評をお書きの上、切り取り、左記までお送り下さい。宛先の住所は不要です。

なお、ご記入いただいたお名前、ご住所等は、書評紹介の事前了解、謝礼のお届けのためだけに利用し、そのほかの目的のために利用することはありません。

〒一〇一－八七〇一
祥伝社文庫編集長　清水寿明
電話　〇三（三二六五）二〇八〇

祥伝社ホームページの「ブックレビュー」からも、書き込めます。
www.shodensha.co.jp/bookreview

祥伝社文庫

成《な》り上《あ》がりの勲章《くんしよう》

令和 5 年11月20日　初版第 1 刷発行

著　者　門田泰明《かどたやすあき》

発行者　辻　浩明

発行所　祥伝社《しようでんしや》

東京都千代田区神田神保町 3-3
〒101-8701
電話　03（3265）2081（販売部）
電話　03（3265）2080（編集部）
電話　03（3265）3622（業務部）
www.shodensha.co.jp

印刷所　萩原印刷
製本所　ナショナル製本
カバーフォーマットデザイン　芥 陽子

Printed in Japan ©2023, Yasuaki Kadota ISBN978-4-396 35020-8 C0193